INCURSIONI

2

INCURSIONI
A CURA DI DARIO DE CRISTOFARO

ISBN: 978-88-99028-42-8

GIOVANNI BITETTO

SCAVARE

ITALO SVEVO
TRIESTE · ROMA

SCAVARE

Senza padre e senza massa che cosa ti resta?
Paolo Volponi, *Corporale*

Sai, amico, quando ho saputo della tua dipartita non sono rimasto sorpreso. Abbiamo un'età che non ci spinge a guardare la morte come un termine prossimo, eppure attraverso le rispettive vocazioni è da anni che ci gingilliamo con la fertile idea della fine. Tu non sei mai stato forte: sotto la pelle cicatrizzata nascondevi la naturale predisposizione alla malattia che molto ti aveva dato da penare e che liquidavi, dacché ti conosco, con il sorriso di chi si appunta sul petto i propri difetti come fossero i migliori pregi. Ho appreso la notizia con la compostezza che donano gli anni di lontananza, ma poche parole sono bastate per immaginare il tuo corpo agonizzante. Subito mi sono figurato il corso degli eventi, l'andazzo ritualistico che avresti aborrito.

L'annuncio sui giornali, un trafiletto che mette in fila le tue pubblicazioni, il compianto condiviso sulle bacheche universitarie o sui biglietti

lasciati insieme ai fiori davanti al portone di casa. La camera ardente nel cortile della facoltà, la lenta processione degli studenti, capo chino e simulato raccoglimento, il borbottare dei colleghi, pronti a elogiarti per cordialità e mente sopraffina, nonché l'ampollosità del rettore, la formalità del vicesindaco venuto a portare gli omaggi del comune. Poi il funerale laico, l'inumazione, uno sparuto gruppo di amici a sostare sulla tomba.
Consapevoli di dover bere alla tua memoria, ci saremmo poi trovati costretti ad aggiornare il presente, smussando gli angoli più aspri delle nostre vite, i divorzi o i figli stupidi, simulando una felicità dal sapore piccolo-borghese. Qualcuno avrebbe esordito con battute caustiche sulla puntualità della morte, sdrammatizzando come avresti voluto. Qualcun altro avrebbe trovato difficoltà a dover recitare di fronte a chi un tempo era il compagno di avventure, il confidente, l'amante. Tutti ci saremmo invece guardati di nascosto per scorgere i volti assediati dalle rughe, le espressioni abbattute, chiamate dalla fatalità a presenziare con diverse e altalenanti gradazioni di trasporto.

È andata proprio così, scivolando senza intoppi sui binari della consuetudine di un lutto.

E ancora, il senso comune vorrà un trionfo di corone attorno al sepolcro che abbiamo scelto bianco e sobrio, senza particolare enfasi nelle incisioni, il nome accostato alla data di nascita e a quella di morte, talmente vicine da svelare il gioco della fine prematura. Poi sarà la volta delle visite giornaliere, settimanali e, con l'allontanarsi del dolore, le commemorazioni annuali. Io mi recherò sulla tomba, mi accovaccerò per sfiorare il freddo marmo e riflettere sulla consunzione per trarne qualche metafora degna di nota. Infine, di nuovo a casa, soppeserò uno dei tuoi notevoli lavori, sussurrando una frase enigmatica in ricordo del nostro antico legame. I biografi celebrerebbero questi gesti con facilità: la tua tragica morte, che ti cristallizza nell'icona del genio scomparso, il mio ricordo composto, accorato.

Così, seduto sul divano, evoco la tua presenza. Ecco allora che dalla fossa in cui giaci si irradia la tua immagine. Subito mi sei di fronte, calmo, sprezzante, come chi è ancora in possesso del proprio corpo. Ma non c'è un cadavere a visitare la mia veglia, non carne morta e ossa frantumate. C'è un rivale in forma di ectoplasma, un'ombra opaca con il volto del mio più caro amico. Mi fissi con l'espressione di chi

non è stupito, come se sapessi che prima o poi ti avrei riportato a me.
Ed è proprio da come ti presenti, indifferente a questa repentina evocazione, che io inferisco il sentimento di rivalsa che ti ha invogliato ad accettare il mio richiamo. Sei tornato per affermare la tua vittoria, dimostrare che a nulla servirà la mia capacità di solcare ancora il mondo. La tua parabola si è compiuta, la mia è ancora in divenire, per questo mi osservi mentre procedo a tentoni, spaventato da un finale ben peggiore di una morte improvvisa e, ammettilo, in qualche modo salvifica. Essere smascherato, tacciato d'impostura, denigrato in tutto ciò che ho fatto e che ho scritto: è questa la sentenza che puoi emettere con leggerezza, giacché tu non hai più modo di commettere errori.
Ecco che i tuoi lineamenti pallidi sono per me una minaccia, un'arma acuminata che non potrò evitare.
È giusto quindi che approfitti dell'unico vantaggio in mio possesso, il tuo silenzio, la possibilità che ho qui stanotte di raccontare la mia versione, l'unica ancora in grado di essere narrata da voce viva. Tu sei muto, hai lingua di morto e occhio asciutto, io vivo e fremo e ti ricordo cosa significa avere un corpo. Il prossi-

mo sole sorgerà sulla mia gola secca, entrambi allora sapremo chi di noi è stato condannato. È giunto il momento di rimettere insieme i brandelli della nostra biografia, suturare la tua versione dei fatti – che risponde a una logica di idee, comportamenti, azioni – con il mio racconto misero e sfuggente, contraltare di una dialettica di cui siamo poli in chiaroscuro.

Ti incontrai la prima volta all'età di tredici anni. La scuola media era il mondo squallido di cui non ci accorgevamo, abituati a vivere nella miseria di provincia con lo sguardo ammaliato dal tubo catodico, oppure rivolto verso l'ombelico per registrare i minuscoli mutamenti del corpo.
Se ti avessi fermato quel giorno forse si sarebbe scombinata l'intersezione di fattori che ci ha portato qui al nostro estremo dialogo, ma di sicuro avrei avuto qualche livido in meno. Non mi lamento, fu una scelta giusta preferire le ossa rotte e le membra indolenzite a una vita parallela in cui non ci saremmo attraversati.
Mi trovavo nel bagno dei bidelli, di solito trascorrevo lì la ricreazione. Lo stanzino si salvava per miracolo dal regime di prepotenze che vigeva nell'ora dello svago. Mi stupii di trovare altri ragazzi in quel bugigattolo poco frequentato. Erano in cinque, ben piazzati, provvisti dell'e-

spressione stolida di chi pregusta il momento della rissa. Li avevo sorpresi a fumare, l'abitudine li spingeva all'intimidazione, volevano accertarsi che avrei tenuto la bocca chiusa.

Non ebbi neanche il tempo di impallidire. Mi ritrovai con le spalle bloccate, il volto bruciava per la violenza degli schiaffi, le mani frugavano nelle tasche dei pantaloni alla ricerca di qualche spicciolo, una bocca addentava il panino che stringevo fra le dita.

Anche tu conosci bene il consolidarsi delle feroci pratiche sociali, dunque non ti sarà sembrato strano che io non abbia opposto alcuna resistenza: assecondavo il pestaggio tentando di rilassare i muscoli in modo che i colpi facessero meno male. La mente cercava di fuggire e concentrarsi su un elemento esterno – i vetri sporchi, le mattonelle sbrecciate.

In quell'istante tu uscisti dal cubicolo dei sanitari, attirasti la mia attenzione con la tua piccola figura: non so se sulla tua retina si impresse, da prospettiva inversa, l'immagine che invece ben si stampò sulla mia: nel vano della porta apparve un ragazzetto, poco più che un bambino, aveva i capelli corti, come tosati, le orecchie grosse e flosce, gli occhiali tondi fra le cui opacità si intuiva uno sguardo vispo, il naso adunco separava le guance ingiallite; quel bambino

non aveva ancora scoperto la pubertà. Amico, te lo devo confessare: apparivi immondo, in te ogni cosa provocava ribrezzo.
Mi passasti accanto con stupefacente distacco Non ti curasti dell'atto violento, sparisti nel corridoio.

A fine giornata, mentre ero steso sul letto e massaggiavo lo sterno dolorante, ripensai all'accaduto. A sorprendermi fu, più che la tua indifferenza, la medesima reazione da parte dei miei torturatori. Dimostrarono di non aver fatto caso alla tua presenza, la riprova che appartenevate a razze distinte, a mondi diversi: per loro non sarebbe valsa nemmeno la pena di sporcarsi le mani con uno come te.
Nonostante l'orrore fisico, capii che era stata proprio quella tua aura di *insignificanza* ad attrarmi.

Dopo il primo incontro non ti vidi per diverso tempo, nonostante frequentassimo lo stesso istituto, non feci nulla per cercarti.
Nel settembre successivo scoprii che avevi la mia età: ci ritrovammo al liceo. Scorgevo la tua testa fra quelle dei compagni, durante l'appello apprendevo il tuo nome e poi udivo quella voce caratteristica che si presentava delicata e impreziosita da uno strambo rotacismo.
I primi tempi non ti dedicai molta attenzione, ero animato dalla speranza di trovare un habitat meno feroce, sondavo nuove amicizie.
Tu invece – con l'aspetto bambinesco che suscitava stupore – ti affermavi come la mascotte della classe: eri un individuo bizzarro a cui si poteva voler bene solo in virtù dell'alterità.
I primi contatti li avemmo mesi dopo: ci ritrovammo alla festa di un compagno – questo termine, *quale valenza acquisterà dopo* –, l'impossibilità di ignorarci ci spinse al dialogo. Conversavi

in modo amichevole, mentre io – già abituato al conformismo – ti rispondevo adottando quel tono a metà fra ironia e disprezzo, per prendermi gioco di te. Ti soppesavo come se stessi maneggiando materiale sconosciuto.

Col procedere della serata però le pose sarcastiche si tramutarono in ammirazione: rimasi colpito dalla tua proprietà di linguaggio, dall'ampiezza delle tue conoscenze.

Quando, in fila per il bagno, osservai che era buffo ritrovarsi di nuovo insieme in prossimità di un lavandino, tu mi guardasti con aria stralunata, non avevi capito. Allora ti ricordai del nostro primo incontro, di come tu eri stato indifferente al mio pestaggio. La tua risposta fu una nuova occhiata di stupore, non avevi memoria di quell'episodio.

Non so se adesso che sei solo un volto nell'oscurità, che hai la capacità di valutare la tua intera vita, ricordi quei momenti, ma a giudicare da come hai sempre considerato il mondo – un posto da attraversare, da ricondurre al gioco dei tuoi concetti, da addomesticare con la frusta delle tue idee politiche –, non penso che tu possa aver mantenuto traccia delle persone che ti sfiorarono nei primi anni della tua esistenza, quando iniziava a germogliare il tuo pensiero.

Sta di fatto che, pur non dando troppo peso al mio risentimento, ti scusasti, mi offristi la tua amicizia come lenitivo. Ricambiai quelle attenzioni, perché avevo capito che in te c'era qualcosa di più profondo, un antro in cui addentrarmi, pur tenendo presente che non eravamo uguali, o meglio che io non avrei mai voluto essere *strano* come te. Per questo iniziammo a frequentarci, e io da un lato penetravo nel tuo cosmo – l'eremo in cui divoravi film, libri, dischi di tuo padre –, dall'altro stavo in allerta, pronto a cogliere l'occasione per dileggiarti.

Non ti stupire, non corrugare la fronte: in quanto codardo sono sempre stato un bravo attore. Sapevo mistificare le intenzioni, indossare un sorriso a mezz'asta, l'espressione indolente che ci si aspetta da un maschio della mia generazione. Ingrossavo la schiera delle vittime? Oppure ero un carnefice? Non lo capivo, non lo capisco neanche adesso.
Il travestimento è stato per molto tempo l'orizzonte cognitivo in cui sono riuscito a trovare me stesso: adottare l'espressione più comune, simulare la reazione più scontata, tentare di abiurare l'individualità. Si può dire che non abbia mai abbandonato questo artigianato, scalpellando di anno in anno maschere più

elaborate, incidendovi espressioni più raffinate. Anche quando ho abbracciato l'ambizione, mi sono riconosciuto in un paradigma banale. Così è accaduto nel corso della mia carriera, nei romanzi letti, adorati, criticati, autografati, i miei romanzi innocui, buoni per le tesi di laurea, per le conferenze, per riempire un buco in libreria, fra Bernhard e Büchner. In quelle storie non c'è un grammo di verità, o meglio, c'è il peso del desiderio, di come volevo che andasse, ma tutto è sepolto sotto strati di finzione, inquinato da parole deformi.
Avrei dovuto strangolarle al primo vagito, collezionare feti in formalina per ricordarmi della grandezza che ho accarezzato nel tentativo di narrarmi attraverso la menzogna.

Amico, so bene che hai scandagliato la mia lacerazione, individuato i poli del mio conflitto: due vettori che vanno in senso inverso fra l'ansia borghese di accettazione e la concezione edonista del nichilismo, o almeno così li chiami nel tuo primo saggio, quello che ti ha permesso di essere riconosciuto nel mondo accademico. In quel lavoro esplori territori di confine, l'ambivalenza che caratterizza la nostra generazione, che ci opprime tutti, nascondendoci a noi stessi, che riduce a brandelli la psiche e rimodula le forze centrifughe e centripete dei nostri desideri.

Penso che i nostri primi anni insieme ti abbiano dato l'opportunità di chiarire il tuo punto di vista.

Quasi rimpiango il fatto che tu stanotte sia muto, perché credo che dovresti ringraziarmi, avresti già dovuto farlo in vita. Hai sempre guardato a me, sono stato il tuo oggetto d'analisi.

Ammettilo! Non puoi mentire anche da morto. So bene che ricordi i miei accessi di rabbia, i momenti in cui non riuscivo più a fingere quel conformismo che, per noi nati e cresciuti nella sonnolenta provincia, avrebbe dovuto costituire l'unico orizzonte possibile, il balsamo della sopravvivenza. E invece ecco: tutti gli episodi della mia stupida rivolta allineati nei tuoi occhi, tu vicino a me con i medesimi dolori, eppure pacato, sempre a un passo dal limite, mentre io lo superavo ogni volta, cadendo nel baratro.
Non fare finta di niente, non basteranno le tue orbite di morto per eludere il mio sguardo, nel bianco latte delle tue pupille rivedo tutti quei momenti in cui mi scrutavi e comprendevi che mi stavo rendendo ridicolo.
Il tuo silenzio mi spinge a cogliere il momento, a vomitare in forma pura gli avvenimenti che spesso ho velato sotto la finzione.

Mi disturba trovare gli stessi gesti, mi disturba avvertire l'acidità del sudore quando il corpo scatena la violenza. Non posso negare il ricordo delle mani alzate. La vittima è mio padre, il genitore che tu hai fatto diventare Padre nel sistema filosofico che ti ha consacrato a peso massimo dell'accademia.
Quante volte sono venuto da te, a raccontare

l'insulsità del tramestio familiare. Mio padre è morto da tempo, nella memoria i lineamenti si perdono, diventano un grumo di rughe e arti ossuti, un fagotto di lacrime e giacche impolverate. È agglutinato, raggrumato, ridotto a pochi elementi dall'oscuro male che lo ha guidato per gran parte della vita, la depressione che lo ha governato e dietro cui si è nascosto.
Se ripercorro quegli anni, la memoria illumina avvenimenti sepolti, traccia vie obbligate. Rivedo casa, apro la porta della camera, scruto il genitore. È malato, saldato alla poltrona, un'entità di carne e cuoio, un diaframma ansimante, pronto a lamentare i propri mali, a intonare litanie che avrebbero annientato i migliori sorrisi, sconquassato la cassa toracica di chiunque. Vedi tuo padre stare male, lo senti, non puoi fare niente, devi subire o sopravvivere, provi a farlo smettere, urli per zittirlo.
Non bastava ostentare il distacco, a volte la furia montava sul mio volto, tendeva le vene del collo, ingrossava i nervi nei pugni serrati. Alzavo le mani quando il volume del pianto si faceva insostenibile, quando l'uomo impiastricciato di muco – l'uomo dall'odore acre, le mutande alonate di piscio – si avvicinava barcollante, chiedeva scusa per il dolore provocato. Egli cercava di addossare le colpe al destino, di de-

mandare le sciagure alla natura di malato, tentando un approccio, un abbraccio, la vicinanza del corpo da cui mi scansavo. Veniva avanti, tendendo una manciata di pillole, ed esclamava: Vedi? Questa è la mia vita, la mia droga, la mia dipendenza, perché mi tratti così?

Quando le suole delle scarpe tagliavano la stanza e raggiungevano quei versi sfacciati, l'uomo rantolava, si gettava a terra, era conscio che il corpo della vittima avrebbe tormentato i torturatori. Pochi colpi lo rendevano un ferito, il pianto si formava sul volto del figlio, la madre rimaneva indifferente.

Quante volte azioni del genere sono state compiute, le nocche si sono sporcate, quante volte hanno risuonato le grida.

Tu solo, amico, hai intravisto nelle crepe del mio cinismo le sofferenze caracollanti, nelle sbornie di collera qualcosa di più estremo dei semplici mali adolescenziali. Ciò che non ti perdono è l'accondiscendenza verso le convinzioni a cui mi stavo votando: ferocia e arrivismo. Ma era una benevolenza calcolata, messa in atto in maniera molto più consapevole di quanto tu voglia far credere.
Hai lasciato che crescessero in me quei sentimenti che tu per primo coltivavi segretamente. La ferocia e l'arrivismo sono stati il nutrimento che ti ha portato dove sei adesso, o meglio, dove eri fino a qualche giorno fa, prima che la banalità della morte spezzasse ogni tuo desiderio di ascesa.
Anch'io sono stato un tizzone ardente: bruciavo di quella passione che in te si è fatta forza propulsiva, e in me è stata solo brama di autoaffermazione.

Ora tu vorresti prendere fiato, provare invano a sollevare le obiezioni a un discorso che troppe volte abbiamo sostenuto, ma questa notte non c'è tempo.

Ricordiamo i momenti in cui l'amicizia si è saldata: ci siamo frequentati assiduamente nel periodo in cui tu eri nel mezzo di una mutazione ormonale tardiva, io al culmine del rifiuto.

Non eravamo soli, altri elementi completavano la compagnia: li definivamo gli amici di avventure, un gruppo di figure che si agitava alla periferia della nostra dedizione, un branco di sbandati devoti all'alcol e alle droghe – eccessi che ogni materna provincia può offrire per sopperire alla sua noia smodata.
Nel locale poco frequentato che cullava i nostri pomeriggi – ricordo come tentasse di imitare certi pub dell'Est: parafanghi appesi ai muri, lampade dalle fogge disparate, vinili incollati sul pavimento –, noi maneggiavamo erba e cocaina con la naturalezza dell'inesperienza, l'eccitazione controbilanciata dall'inerzia del mondo esterno che sembrava ignorarci.

I bicchieri vuoti a formare un fiore di vetro, il tavolino quadrato con i bordi neri e smangiucchiati, dopo aver esagerato con il vino, sfatti, scribacchiavamo sulle nostre agendine sentendoci degli eletti.
Poco dopo qualcuno si sarebbe diretto in bagno, avrebbe steso una striscia di cocaina con la mancanza di stupore che aveva accompagnato la prima volta di ognuno di noi, il gelo nella narice, la contrazione della mascella –, poi sarebbe tornato nella sala, ballando, muovendosi scompostamente sul rock che saturava l'aria. Tutti avrebbero alzato lo sguardo, mentre il successivo, ingolosito e col sorriso ebete, già pregustava la sensazione amara sulla lingua: tale era la nostra dipendenza.

In una città di provincia in cui l'apatia appesantisce il pensiero di ciascuno, fiacca ogni volontà, ci sono tre svaghi possibili: la chiesa, la televisione, la droga. La prima l'abbiamo sempre vista come una pratica barocca, assorbita nei secoli dal genoma della cittadinanza: la domenica è il giorno in cui sfilare, ci si presenta come greggi profumate nella casa del Signore, lo sguardo coperto dagli occhiali da sole, per impedire alla divinità di penetrare il peccato dell'indifferenza, si trangugia l'ostia, si

ripetono le parole assonnate dei canti e delle preghiere, poi si esce nella calura, a frequentare i bar per un giorno animati da una vivacità insperata.
La seconda è consuetudine onnipresente, come il divano sfondato che presiede il salotto di ogni appartamento: si irradia come un prisma, offrendoci modelli di vita che avremmo voluto – dovuto – emulare, verità che sembravano calare dall'alto e che assorbivamo con metodica inerzia.
La terza ci è apparsa da subito la più allettante, e anche la più etica. Delle cose etiche aveva la volontà messa in atto, quando il desiderio si presentava lungo la corteccia cerebrale, imponeva agli arti di muoversi, di imbucarsi nelle stradine del centro storico prive di illuminazione, alla ricerca di qualche ragazzo stravaccato sui lastroni di pietra: lo guardavamo con insistenza, fin quando non formulava l'offerta, allora contrattavamo, scendevamo a patti con quella criminalità esperta, mollavamo i soldi con fare liberatorio, intascavamo il piccolo involucro plastificato. Era un desiderio astratto divenuto fisico, in grado di penetrare la carne con nuove sensazioni: un credo misero, questo è vero, ma pur sempre un gradino sopra a chiesa e televisione.

Amico, fra tutte le cose di cui abbiamo discusso, questa è una delle poche su cui al tempo concordavamo. Non poteva essere altrimenti, dato che – se non ricordi, lo faccio io, ora – i nostri gesti si armonizzavano mentre eseguivamo il balletto di quel commercio. Poi ci lasciavamo cadere in qualche piazzale di periferia, fra macchine abbandonate e cumuli di spazzatura, schiena contro schiena, nascosti dalle ombre della sera allo sguardo indiscreto dei condomini che presidiavano la bruttezza del nostro Meridione. In quelle sperdute radure di cemento, sostenuti dagli alcaloidi, ci atteggiavamo a intellettuali – bislacco che poi lo siamo diventati, assumendo ben altre droghe ideologiche – e formulavamo riflessioni vacue, biascicavamo giustificazioni.
Se avessimo guardato con più obiettività al nostro passatempo, avremmo capito che non si trattava di chissà quale gesto eroico, bensì della naturale iniziazione agli stenti della vita borghese.
Eravamo giovani e ci appigliavamo alle scialuppe che ci sembravano più sicure per affrontare le nostre mareggiate personali, che fin da subito ci apparvero più violente e atipiche rispetto ai nostri coetanei.
Fu durante una di quelle sere che mi confessasti la ragione del tuo disagio.

Quando mi parlasti della malattia eravamo spalmati sul pavimento lastricato del Monumento ai Caduti, immobilizzati dalla pigrizia e dai postumi del bivacco. Dovetti alzarmi di scatto, incrociare le gambe per guardarti serio. Tu mi facesti un mezzo sorriso e sillabasti per la prima volta *estrofia vescicale.*
Ricordo ancora la sensazione che mi procurò il tuo racconto, i particolari che andavi aggiungendo con tono piano, quasi a renderli innocui, ma che nella mia mente si tramutavano in grottesche proiezioni.
Eri nato con una malformazione congenita a rarissima incidenza. L'apparato urinario si era formato al contrario, volgeva verso l'esterno come se l'addome fosse esploso. I medici non avevano previsto lo spettacolo: la vescica pendeva floscia, i dotti urinari solcavano la pelle, si tuffavano nella carne e dopo qualche centimetro riemergevano in un groviglio di piaghe,

il pene si nascondeva all'interno del ventre assieme ai testicoli, come palloncini incollati alla pancia. Rischiavi una vita di privazioni, costretto su una sedia a rotelle e circondato da sacchette, da aghi a trapassarti da parte a parte. Sin dai primi giorni fosti sottoposto a operazioni durissime, ti squarciarono il ventre, ribaltarono i tessuti e riposizionarono la vescica, tagliando e annodando i condotti. Le mani coperte dal lattice scavavano come bachi, risucchiavano liquidi e modellavano la morfologia del corpo, indirizzavano fiumi di umori nei giusti canali.

Gli interventi erano andati bene, i tessuti ricoprivano l'oscenità degli organi, ma dovevi sopportarne gli effetti collaterali, i dolori segnavano il corpo fuori controllo, i bruciori ti avvertivano dello scompenso. Correvi in ospedale, i dottori ti infilavano sonde in ogni orifizio, le macchine emettevano il verdetto, c'era bisogno dell'ennesima operazione.

E dunque lottavi, tentavi di controllare i flussi in uscita, ma le mani sudavano e scivolavano sui buoni propositi, i getti si facevano troppo lunghi o troppo corti, troppo frequenti o assenti, ti costrinsero a portare il pannolone fino al liceo, la goffaggine dei movimenti come prezzo da pagare per l'apparenza di una vita normale.

Consideravi la tua condizione come dato naturale, non ti impressionava osservare i segni del decorso postoperatorio. Scrutavi curioso l'addome ricucito, familiarizzavi con le cicatrici, con le cartilagini troppo spesse per essere ignorate al tatto; per te il corpo era ancora in formazione.

Nei giorni successivi cercai delle immagini sull'enciclopedia medica, vidi delle foto – volevo trovare riscontro di ciò che avevo immaginato. Ho provato spesso a immedesimarmi nei tuoi dolori, a scandire la routine delle tue giornate, mentre cercavi di approdare all'equilibrio – dentro e fuori dagli ospedali, dentro e fuori dal letto – dall'epicentro si originavano nuovi vettori, ennesimi fastidi. Il corpo deforme generava disturbi psicologici, tic incontrollati di cui immaginavo la dinamica: mentre i nervi si sforzavano di governare quel marchingegno deficitario, tu eri soggetto a contrazioni, la pelle si raggrinziva e gli arti scattavano, la mascella si protendeva e gli occhi si incrociavano, per un secondo ti scuotevi come un folle. In momenti di estrema agitazione, distendevi i muscoli della schiena e ritraevi i glutei, spingevi l'anello dello sfintere tentando di chiudere *l'ano galattico,* come solevi chiamarlo amorevolmente. A ciò si accompagnava la visione: un dardo che partendo dal culo trafiggeva l'universo, uno gnomone piantato nel bocciolo grinzoso.

Si potrebbe rileggere la tua intera esistenza attraverso quel buco. L'ano era il tuo filtro cognitivo, l'abisso posteriore che condiziona il genere maschile più di quanto minacci quello femminile, così scrivesti nei *Discorsi anatomici per la demolizione della critica di genere*, il discusso saggio per cui ingaggiasti una polemica decennale con varie frange della sinistra. L'ano è stato un territorio di esplorazioni, materia fertile per la riflessione.

(Non ho mai espresso ciò che a onor del vero penso della tua ossessione. Quel saggio è stato scritto con l'intento di dimostrarti superiore. Superiore a me che avevo adoperato la medesima suggestione. Non devo ricordarti che nel mio primo romanzo – *La contemplazione della merda* – il tema dell'orifizio sacro era di primaria importanza.)

La malattia fu dunque la tua iniziazione alla vita, la prima delle numerose ferite che ci siamo portati addosso di quegli anni, il grumo di verità che ci investì, o meglio, che travolse te. E per verità intendo l'azione della materia, le cose sconvolte dal dato incontrovertibile: la tua malattia. Un altro dato: i tuoi tic, la tua ricerca corporea. Un ultimo dato: l'ennesima sfortuna che ti colpì in adolescenza, quel dolore enorme che ancora oggi – posso vederlo nella penombra dell'ectoplasma – cala con rassegnazione sul tuo volto.
Dobbiamo scavare anche in quei ricordi, perché in essi si nasconde l'ennesima nota grave del nostro rapporto.
Voglio evocare quel pomeriggio sgorgato dal più intimo dei luoghi. Mi presentai a casa tua, rispondendo a un tuo invito tanto accorato quanto laconico. *Mia madre ha il cancro,* dispieghi la visione con la semplicità del referto clinico.

È arduo ripercorrere i passi alla luce dei mesi successivi, rimestando nella memoria si incontrano le metastasi granitiche, il volto della donna pietrificato nell'accettazione. Per spezzarne lo sguardo basta un colpo di tosse, il tremolio della mano. I capelli non sono caduti ma il corpo non dà segni di miglioramento, per questo la chemio è stata interrotta, esplode la consapevolezza della sconfitta.
Nel momento dell'annuncio c'era ancora speranza, si poteva millantare l'efficacia della terapia, si poteva bombardare la cittadella tumorale, lanciare strali, invettive sotto forma di onde che friggono i tessuti, impediscono la propagazione del male, i nervi tesi nell'illusione che la mente possa vincere sulla materia.
Tu conoscevi bene l'odore del disinfettante, stavolta non erano le tue garze, le ampolle della flebo non penzolavano nella tua stanza. Dopo l'intervento ti avvicinavi a tua madre, la rassicuravi, le spiegavi come grattarsi l'addome sotto le fasciature, come spostare le braccia senza sentire l'ago raschiare le vene.
Amavi tua madre – l'amavi perché aveva lottato per te, dopo averti generato all'incontrario. Lei aveva circoscritto il tuo dolore, aveva asciugato la pipì che non avevi saputo trattenere. Non aveva mai mostrato collera, ti abbassava i pan-

taloni, scrutava l'alone giallognolo, ti toglieva le mutande e le sostituiva col pannolone, non per umiliarti ma per renderti più responsabile, più combattivo contro l'inerzia della vescica. Ti aveva cresciuto somministrando severità e giustizia, contenendo la materia organica, minimizzando l'infezione che si espandeva nella sfera psichica, insegnandoti a convivere con la bizzarria.

Mia madre ha il cancro, mi ripetesti. Questa volta la frase sembrava covare risentimento. Immagino per le colpe che le imputavi. Rea di aver trascurato il suo corpo per impegnarsi a rassettare il tempio del tuo, rea di non aver saputo interpretare i segnali, i dolori improvvisi, le fitte all'addome. Non aveva dato peso alla sua malattia, l'aveva intravista nei momenti di quiete, una crepa fra le rughe, un segno di stanchezza, lo stress per l'ennesima operazione del figlio.

La madre si alzava al mattino, controllava lo stato delle fasciature, strofinava le parti alonate, scrollava il bambino per infondergli la forza di vivere – con o senza vescica, con o senza emicrania.

Fino a quando i risvegli si fanno tesi, apre gli occhi e avverte la patina di sudore, il brivido lungo la schiena. La sensazione dura pochi istanti: il primo giorno è una puntura, il secondo un fastidio, al quarto si protrae fino alla porta del bagno. Dopo una settimana la donna si guarda allo specchio con l'ombra del male accovacciata tra le occhiaie, è costretta a adoperare il trucco per non insospettire te e tuo padre. Prepara la colazione con la stessa sapienza di sempre, c'è qualcosa che va storto, un tremito della mano mentre il coltello recide, la lama di acciaio lacera la pelle, è solo un secondo, non fa neanche male, sgorga un po' di sangue che cade sul pane. Non c'è tempo da perdere, bisogna buttare il cibo, tamponare la ferita, non capisce perché avverte il bisogno di mentire. Un getto d'acqua scivola nella conca del lavandino, si porta dietro il rivolo di sangue. È in quel momento che la donna percepisce il segno tangibile dell'errore.

Il resto accade in un pomeriggio qualunque: sta scendendo le scale di casa, stringe la mano del figlio, si sente debole, la testa gira, cade.
La madre ha il cranio sfondato, saldato al pavimento.
Il marito è mosso dalla visione, scosta i capelli insanguinati dal volto della moglie, che lo guarda. Deve schiaffeggiare la donna stordita, portarla all'ospedale, placare il bambino che inizia a piangere: Vai subito in macchina, il posto lo

conosci, entreremo di corsa e scopriremo cosa succede.

Cancro, mentre articoli la parola non sei conscio che le metastasi si estenderanno ben oltre il corpo destinato a perire. Intaccheranno la buona volontà del padre, il marito che vedrà sfiorire il suo vigore nell'attesa, il padre che guida con una mano sola, con l'altra accarezza la testa del figlio. Non è stato capace di aiutare la moglie, cerca di asciugare le lacrime e percorrere le strade, anche questa volta ci penseranno i medici a risolvere.

Hanno risolto? Si è infranto tutto nei pochi secondi della comunicazione, nei sette secondi d'odio? La donna è al Pronto soccorso, la fronte merlettata di punti. Guarda la famiglia, il marito con lo sguardo serio, il figlio dal volto bizzarro. Non può più mentire, parla, racconta ogni cosa: i dolori, il tremore, i giramenti di testa. Il medico incamera, si produce in cenni di assenso, valuta gli esami da prescrivere, roba di routine, accertamenti di sicurezza, ipotizza un malore passeggero.

Posso immaginare i pugni contratti di fronte al referto, il tuo ventre tormentato dai fastidi, non li senti, hai altro a cui pensare. Il padre invece si è accasciato sulla poltrona, le cosce abbandonate, lo sguardo perso, si leggono i primi esiti degli esami. Fatica a crederci, protesta contro Dio, contro la sfortuna: prima il figlio cresciuto nell'atrofia, poi la moglie sventrata da un altro male. Avete dovuto accettarne la condizione: lei non ha mai saputo arrendersi senza combattere, il padre non ha mai saputo vivere senza la madre, il figlio si rifugia in altri mondi, nell'indifferenza, oppone la cecità all'evidenza della caduta.

Non ti adiravi con la madre, sapevi che la malattia si nutre d'odio, installa nuovi fortini per ogni silenzio protratto, scava fossati profondi per ogni gesto meccanico, quando il parente maneggia il corpo del malato, quando lo rivolta per pulirgli il culo e nel riflesso dello specchio si scorge l'espressione di disgusto, il cinismo dissimulato del figlio, del fratello, del marito.

Eppure ti eri fatto più cupo, cominciavi a considerare la prospettiva che tua madre venisse meno. Dovevi elaborare la rabbia, impastarla con l'alcol e le botte di coca per arrivare al limite, scaricare la tensione attraverso la condivisione del dolore.

Allora non seppi trovare parole consolatorie. Seduto accanto a te sul letto, le mie risposte vagavano come zanzare. Mi zittisti, mi abbracciasti, io rimasi sorpreso e non restituii la stretta. Durò qualche secondo, poi ti staccasti e ti adagiasti su un fianco.

Ho ancora davanti agli occhi il tuo sguardo spento, svuotato dall'interno. Non sapevo cosa aggiungere, cominciai a fissarti, mi abbandonai alla geografia del tuo volto, inciampando sulle labbra, sulla linea rosea e zigrinata. Da quell'apertura transitavano droghe, alcolici, conati di vomito, un pertugio da cui far sgorgare la rabbia.

D'un tratto mi venne in mente ciò che avevo visto qualche settimana prima, nel bagno del locale. Carico per la striscia che avrei tirato di lì a poco, spalancai una delle porte e ti trovai chino sul cesso: non sniffavi, avevi due dita piantate nel culo. Mi guardavi e ridevi, il tuo stupore mescolava ingenuità e malizia. Nell'imbarazzo restituii il sorriso, finsi di non rimanere impressionato. Avevo intuito il perché del tuo cazzo ritto. Avevo accettato la tua omosessualità.

(La bocca e l'ano, due estremi dello stesso concetto: se l'ano è il luogo da cui si libera la forza del vettore – la tua galassia personalissima –, la bocca è l'ingresso di quel mondo, il luogo d'origine di un logos inverso, contaminato dalle suture del corpo. La bocca e l'ano: accomunati, connessi. L'ano con la materia escrementizia, la bocca con la ragnatela del discorso.)

Non so come, forse per la leggera depressione che i nostri corpi impressero sul materasso, ma le distanze furono annullate, il tuo gomito premeva contro la mia coscia. Ripensandoci ora, fu forse quella leggera pressione che sentii vicino ai genitali a spingermi ad allungare la mano, a sfiorarti le labbra con un dito, poi con due, a penetrarti nella bocca dopo essermi fatto largo fra denti e gengive.

Per un secondo fosti sorpreso, sgranasti gli occhi, poi ti lasciasti andare. Fino a spalancare la bocca per accogliere il mio membro. Mentre te lo spingevo contro il palato, tu facevi scivolare la lingua sul bassorilievo venoso, poi prendendo aria succhiavi la mia cappella violacea. Non ebbi il tempo di registrare l'accaduto, di pensare a cosa sarebbe successo di lì a poco, che già ti stavi voltando, per offrirmi l'ano. Mi infilai nell'abisso senza faticare, il cunicolo si modellava sulla forma del mio pene. Tu non gemesti, avevi gli occhi chiusi e un'espressione estatica a deturparti il volto.

Mi chiedo se tu abbia mai indugiato su quel ricordo. Dopo l'atto ci rivestimmo in silenzio, io ti misi una mano sulla spalla e ti augurai buona fortuna, poi me ne andai. Ci saremmo rivisti il giorno dopo e tutto si sarebbe svolto come di consueto, il sostegno emotivo sarebbe stato quello dell'amico nei confronti di una persona che sta per subire un lutto. Mi sarei proteso verso di te, evitando che i nostri corpi si sfiorassero nuovamente.
Non ne abbiamo mai parlato. Fu un gesto estremo di amicizia, il momento in cui ti riconoscevo come mio riflesso nello specchio, un atto di crasi, dove a fondersi furono prima i cervelli, che per qualche minuto divennero un'unica massa esperienziale, poi i cuori di entrambi a macinare il medesimo battito.
Non ti ho mai chiesto cosa significò per te, né posso intuirlo ora, poiché il tuo volto sfuma nell'oscurità.
Per me fu l'apice della nostra unione, da lì in poi le nostre strade, che si erano incrociate in modo definitivo, iniziarono a esplorare territori sempre più distanti. Sancito il momento di massima unione, non restava che accom-

pagnare il progressivo sgretolamento, l'allontanamento graduale, giorno dopo giorno, millesimale e inevitabile, di due coscienze simbiotiche, due vite parallele, eppure in antitesi.

Tu ostenti tranquillità, hai maturato una convinzione. Hai capito che ho scelto di sacrificarmi, dirottare il dolore nello sfiatatoio della passione. I nostri corpi si legano geneticamente, ci comportiamo come sacchi di carne e parole, desideri nevrotici in via di realizzazione, noi due siamo fratelli nella sofferenza.
Ricordi i tempi dell'università, quando condividevamo la stessa stanza? Nel cubicolo ci auguravamo notti placide, ma la tenebra si popolava di incubi, era agitata dalle medesime tempeste. Già prima di andare all'università, mentre finivamo il liceo in provincia con la caparbietà di chi desidera scappare, ci rendemmo conto che, sebbene con tonalità diverse, il nostro dolore era simile. Le nostre famiglie erano degenerate allo stesso modo: una madre forte, così forte che spesso ne eravamo schiacciati, un padre debole, così debole da provocarci imbarazzo. Questo è l'ennesimo pensiero che formulo ora

con chiarezza, ma che non ebbi mai il coraggio di esplicitarti quando eri in vita.

Considera quello che siamo, ciò che ci ha reso tali, figurati – ancora una volta, prima di abbandonare pensieri mortali e fuggire nella tua evanescenza di ectoplasma – le nostre case, le nostre madri accasciate. La tua è nel letto, attorniata dalla solenne inutilità della flebo, la federa bagnata di sudore. Reprimi le lacrime, desideri un sonno ristoratore, vorresti che dimenticasse la fine imminente, ciò che si lascerà dietro: un marito infruttifero, un figlio sventrato. Le mani non sono forti e discrete come quando cambiavano pannolini – nell'età in cui una madre non dovrebbe più farlo –, il dorso è puntellato di macchie marroni, segni di una vecchiaia precoce, sotto la pelle rilucono le vene, presto andranno in necrosi, il cuore smetterà di pompare.

E adesso figurati mia madre: sfonda il divano con il gran peso, la bocca è spalancata nel sonno, un incubo scuote l'immensa pappagorgia. La donna è deposta fra i cuscini, il corpo è un groviglio di forme gonfiate dal diabete, non so più se possa dirsi genitore. Devo andare in cucina per bere un sorso d'acqua. Devo attraversare il soggiorno con passo felpato, sperare di non svegliarla. Mi avvicino al divano, la sovrasto, le passo la mano sul piede, la pelle è indurita.

Riesci a scorgere il gesto? Riesci a ricordare come tu stesso lo ripetevi sul calzino ingrigito di tua madre?

Io assorbo calore nella speranza che mi infonda nuovo odio, tu lo disperdi per trasmetterle la coazione a sopravvivere. Il tocco risale la caviglia, le cosce, il bacino, poi la mano ormai sudaticcia affronta il monte del ventre, tu non puoi toccarlo, è deturpato dai tagli, vorresti contrarre il pugno e abbatterlo sul male. Io invece potrei ghermire l'adipe, frizionarlo come pasta frolla.

Non è stato sempre così per mia madre: le lacrime che scorrono sul volto di mio padre fanno crescere in lei la rabbia, il suo corpo si trasforma in una cisterna d'odio.

Ora le dita si fermano sul cuore: tu speri nell'infarto, lo strappo rapido, violento, più dignitoso del decadimento. Al contrario, io mi preoccupo: avverto il suo sangue, immagino il petto rammollirsi e liquefarsi per lo stile di vita disumano. Il catrame intasa i tessuti, annerisce i polmoni, le costole potrebbero schiudersi, svelare il cuore rappreso. Ho un fremito, stacco la mano. Spengo il televisore e me ne vado.

Tu le fai un'ultima carezza, poi abbandoni il capezzale.

Non ti basta la dimostrazione delle madri? Allora consideriamo i padri, avviciniamoci ai loro capelli bianchi. Dietro la fronte imperversa il caos degli scompensi chimici.
La depressione è un boscaiolo: abbatte l'albero con furia metodica, il padre è il tronco colpito. La morte è stampata sulla retina, a nulla valgono i medicinali: ansiolitici, triciclici, l'intera gamma di antidepressivi. La beatitudine si disegna sul volto, il massimo livello di gioia è il rincoglionimento. Il padre ha pianto, piange ancora nel cuore della notte, piange e si porta le mani al volto. La vecchiaia sarà una tossina implacabile, attecchirà velocemente, la pelle diverrà troppo lasca per distendersi in sorriso. Dovrai raccogliere i denti del padre, cadono nelle mattine d'inverno. Terrai fra le dita i canini, gli incisivi, le asperità ossee che collegano uomo e predatore. Il padre ha abbandonato ogni eredità biologica, ogni legame evolutivo. Egli persegue un personale progetto di estinzione, si rigira nel letto dando le spalle alla sagoma della madre.
Getterai i denti di tuo padre.

(Di queste due famiglie simmetriche stanotte sono l'unico sopravvissuto. Abbiamo seppellito anni addietro i nostri genitori e poche ore fa sono stato costretto a guardare la tua inumazione. Le madri sono cadute in tempi diversi, con il grande schianto che segue l'apertura di un crepaccio in una diga che credevamo salda, eterna. I padri sono stati una lenta frana, granelli di sabbia trasformatisi in masse di terra nella piena, spinti nel precipizio della loro follia. Questa piena, un'alluvione da cui anche noi non siamo usciti indenni, è stata la depressione. In tempi diversi i padri sono stati benedetti dall'oscuro male. Il mio annegato dentro se stesso, perso nei comportamenti enfatici di cui entrambi sappiamo. Il tuo trascinato dagli eventi, incapace di reagire. Tuo padre ha vissuto il dolore di avere un figlio malato, di assistere una moglie sul letto di morte, come un colpo di martello sul chiodo ritorto della propria coscienza. Non era attrezzato per tutta quella sofferenza, non ci era nato dentro come te, o non l'aveva covata per mesi come tua madre, l'aveva scoperta, fronteggiata e aveva perso. Credo che per tuo padre la sensazione più atroce sia stata scoprire che il dolore aveva il vostro volto, che proprio ciò che amava gli provocava quelle ferite nel cranio. Non ha retto alla consapevolezza, ha dovuto appellarsi anche lui all'oblio dei farmaci. Le stesse sostanze che cercavano di raddrizzare il cammino di mio padre.)

Come abbiamo reagito? Abbiamo combattuto lo stesso dolore, e io ho avuto modo di sentirmi meno meschino. Forse è stato un male, forse mi hai spronato a diventare l'uomo che sono. Tu, fratello ipocrita, sei morto facendo tesoro di quel dolore. Mentre io sono vivo, al centro della celebrità e della vacuità, ancora in possesso della gola e degli organi, delle ghiandole che m'illudono di essere *realizzato.* La tua realizzazione ha preso altre vie.

Ti hanno definito *il marxista più famoso d'Europa, il maggior teorico dell'ultimo decennio.* Appellativi roboanti che ancora infiammano i tuoi occhi. Mi hai sempre raccontato di quanto fosse stato casuale il tuo incontro con la filosofia: leggevi i libri di tuo padre nelle notti in cui faticavi a smaltire la cocaina. Il cuore accumulava battiti, la mente si perdeva in ragionamenti astrusi, fra i viluppi di pensieri si stagliava il materialismo

storico; ben presto i concetti furono gli ospiti delle nostre serate, animarono le discussioni. Nel solito bar arrivavi serafico, mentre noi ci agitavamo in preda ai languori. La tua foga era rivolta al mondo del pensiero, snocciolavi con sicurezza ciò che avevi appreso in ore silenti di studio, declinavi le dosi che cercavamo di passarti, ti gettavi sui libri che portavi nella tasca interna del giubbotto.
Avevi intuito prima di me che la droga del pensiero sopravanza ogni sensazione fisica, che la trasgressione a cui ci uniformavamo non era altro che l'ennesima pratica sociale fra le tante, una commedia depotenziata da qualsiasi significato profondo. Tu cercavi una chiarezza che non è mai stata di questa vita, di questa esistenza, una verità strutturata, come ce ne sono solo nelle idee dell'uomo, nella scatola cranica che si incrina sotto il peso della nostra immensa coscienza. Per questo, nato nel caos di un corpo malato, avevi sin da subito messo in chiaro le ragioni del tuo desiderio: l'omosessualità come filo conduttore. Allora ti accingevi a sgombrare dalle influenze altrui le camere della mente, volevi fare ordine nella tua visione del mondo. Io ero contento, ti incoraggiavo, conscio del fatto che grazie alla fuga dimenticavi l'imminenza del lutto. Stavi cercando un barlume di

calore nella fredda adolescenza: la tassonomia materialista ti accoglieva come una coperta, il rifugio ideale per sfuggire alla banalità del nichilismo di provincia.
Ma tu volevi di più, non ti bastava ricevere il mio assenso, meravigliarmi con l'agilità dei concetti, della tua mente ossessionata dall'astrazione. Nel deserto che ci circondava, avevi solo me, che strattonavi verso i tuoi interessi, nella speranza di guadagnare il compagno di sempre. Non riuscivo a seguirti in quei fulgidi voli pindarici, astrazioni che poi hai limato fino a ricavarne i concetti che ti hanno reso famoso, ma fingevo, annuivo a ogni tua scoperta, ipotesi, spiegazione. Ammettilo: ti stavi costruendo una diga per contenere il lago della perdita, una massa di disperazione in cui, alla morte della madre, saresti stato risucchiato. Ti sei salvato grazie alle tue fantasie di verità – a questa cosa che chiami filosofia. E, una volta finito il liceo, il solido cemento di quella diga sarebbe diventato un trampolino per la gloria. Hai dovuto attraversare il lutto, ma poi ti si è aperto il teatro del mondo. Anch'io con te mutavo e mi attrezzavo per la vita universitaria.

(Questa parentesi si spalanca come una mascella gigantesca. Vorrei tacere questo ricordo nel rispetto che ci lega, nel rispetto che hai chiesto al mondo mentre i tuoi occhi guardavano un corpo, una bara, una fossa scavata di fresco, mentre si offuscavano di lacrime per non partecipare al rito. Lo sai bene che la ferita è parte delle ore che trascorrono, come la mia lingua che batte sulla memoria. Lo sai bene che non posso impedire alle ombre di strutturarsi in parole, in pennellate, di illuminare la scena della morte di tua madre. Ci siamo affannati per le strade di provincia, nei giorni dell'adolescenza glorificata dalla rabbia, ma invano. Tua madre muore di mattina, nessuno ti avvisa, lo apprendi solo quando torni da scuola. Ti accoglie tuo zio, suo fratello, non c'è nulla da dire, da capire, sulla soglia stenti a entrare, non vuoi vedere, non vedrai. Ti chiudi in camera, muto e larvale, i parenti che bussano e cercano la comunione.

Io lo vengo a sapere da tuo padre, capisce che sono l'unico che vuoi vicino. Mi siedo accanto a te, sul letto. Tu comunichi con gesti e versi afoni, impasti saliva e muco nel gargarozzo, allo stesso modo si alza il vaniloquio dei parenti, durerà giorni.
Dopo mesi di attesa non rimane che incassare la sconfitta, ricomporre i resti, la morte che irrompe nella vita, la vita che *deve* continuare.
Vorrei chiudere qui questa parentesi, per ricacciarla lontano, ma le ombre ci trascinano ancora sul luogo del rito, ci soffocano nei vestiti sobri del lutto.
Ti stringo la spalla, la stringeranno anche a me quando saranno i miei ad andarsene. Piangi per l'ultima volta, chiudi a chiave ogni parola materna, ogni momento, serri gli occhi e non guardi il padre che invecchia di colpo né la terra che inghiotte la bara, la ricopre con una lingua di prato – non riconosci la lapide, non guardi il nome e la data, non so se tu poi l'abbia fatto in seguito, se sia andato a farle visita, a piangere di nuovo, a rinverdire la memoria. Quel giorno chiedesti di dimenticare, di tacere su tutto, ti accasciasti dietro al muro di lacrime. Io allora ubbidii, l'ho fatto fino a ora. La ferita è ancora aperta, occorre suturarla, ricacciarla nella pancia accogliente dell'oscurità. Si spa-

lanca stanotte come si palesava al tempo e ci rende consapevoli di quanto la sofferenza abbia inglobato ogni cosa.
La parentesi si allunga, la parentesi è una falce. Corteggiamo la sua finitudine che cancella, che ci dà tregua dal ricordo, l'oblio che rimane come un arto amputato, il tessuto cicatriziale che duole, ci incatena, ci inghiotte sminuzzandoci, assorbe i nostri latrati e ora, per davvero, si chiude su di noi.)

Presumo che gli anni dell'università siano materiale buono per i nostri biografi: dieci paginette come prefazione del primo o del secondo libro, saggi di una trentina per le opere mature, lunghi commenti fitti di riferimenti bibliografici per i lavori della vecchiaia. Questi scritti varranno grandi lodi, l'ampolloso periodare rievocherà l'esperienza bolognese, ricondurrà i riferimenti delle nostre opere alla vita trascorsa insieme. I nostri primi scritti, l'elaborazione della grandezza futura, la rimasticatura di idee, il processo influenzato da un nuovo liquido amniotico.

Se fossimo stati di censi differenti saremmo diventati amici? Strano che tu non ti sia mai posto questo interrogativo, nonostante una vita intera dedicata al marxismo.
Figli della classe media: questo è il verdetto della nostra educazione, la forma a cui non possia-

mo sfuggire quando soppesiamo i nostri ideali. In giovinezza sfruttammo questo postulato: convincemmo i nostri genitori a lasciarci evadere dal Meridione. Un barlume di comprensione raro per le nostre famiglie: tuo padre ti concesse di partire, nella speranza che strade più ariose disperdessero il pensiero del lutto; mia madre allo stesso modo mi incoraggiò ad andare via, a dimenticare quel padre così problematico.

Facemmo una scelta comune, ma è più corretto dire che sceglliesti tu per entrambi: Bologna, un grande ateneo, una città rossa, almeno nella mitografia. In questi presupposti intravedevi la possibilità di sviluppare le tue passioni: la filosofia, la politica.

Io avevo meno pretese, mi bastava mettere più chilometri possibile fra me e l'asfissiante atmosfera familiare, mi iscrissi a lettere senza troppa convinzione. Una scelta dettata da blandi interessi e dal presentimento che non potevo competere sul terreno a te caro della filosofia – già allora avevo intuito che mi stavi sopravanzando in tutto.

Ma il rancore, l'invidia per l'acume con cui sapevi interpretare il mondo arriveranno dopo. Per il momento c'era la consapevolezza che avevi subito una perdita, che l'avevi assorbita con stoicismo, trattenendo il dolore all'interno, opponendovi una serie di faticose razionalizzazioni.

Il mio dovere era starti vicino, sostenerti anche se mi sarebbe piaciuta una maggiore reciprocità nel nostro rapporto. Dividemmo una stanza, ma quasi da subito cominciammo a condurre due vite parallele.

Tu ti immergesti immediatamente nello studio, evitando le normali esperienze giovanili di chi si trova finalmente libero dal giogo familiare. La tua libertà era girovagare con costanza nei dipartimenti, nelle biblioteche, per padroneggiare gradualmente la materia che stavi studiando, abbracciando con lo sguardo quella spianata di libri che attendeva di essere letta.

Io portavo semplicemente avanti la vita di prima, fatta di sbronze, di futile sballo a poco prezzo, di rabbia senza alcuna direzione.

Tu avevi trovato la salvezza nei libri, nelle vite dei grandi filosofi; io invece mi affannavo a perpetuare le pratiche di provincia, solo in un contesto più grande, forse più feroce. Una ferocia che ti era estranea, quando la mattina ti svegliavi di buonora e andavi a lezione, e poi in biblioteca per tornare a sera inoltrata. Una ferocia che vituperavi quando mi trovavi stravaccato sul letto dopo una giornata d'inoperosità,

pochi libri e lezioni sulle spalle, molta noia e voglia di qualche sostanza.
Almeno stanotte riesci ad ammettere quali e quante differenze ci separavano nonostante un destino simile? Avanzavamo in direzioni opposte nella città che ci aveva accolto.

(Cara Bologna – che ancora una volta sei teatro della nostra simbiotica messa in scena, l'ultima possibile –, ti devo ringraziare, sei la città che mi ha imposto la maschera definitiva. Certo, c'è stato il momento della libertà: sedersi in piazza, mischiarsi alle visioni dissonanti, assaporare il fascino dell'evasione, la città convenzionale, la cartolina dal profilo attraente. A Bologna i palazzi sbocciano come germogli, le generazioni crescono all'ombra dei portoni, sognano mondi possibili. Io stesso mi sono perso fra piazze scoliotiche e gallerie dalle volte arcuate, fra cortili custoditi come segreti preziosi e facciate di palazzi arancioni. Bologna, in te l'opulenza si fa bellezza, il potere trascende in estetica, nelle tue gabbie dorate si agitano aspirazioni, e a chi sa cercare, aspettare, annullarsi fra i tramonti che incendiano i tetti, lasci intravedere la ricompensa, esplode il mistero nelle corti spazzate dal vento.

Questa è la Bologna che conosci nel profondo, la signora immensa che ti fa da madre, da quando la madre si è fatta corpo freddo.
Bologna non sei speciale, boccheggi esanime nella calura, sei smembrata dal consumo, guardi i tuoi abitanti sedere a ogni angolo, infestare ogni incrocio, sorseggiare l'ennesima birra e gracchiare la propria impotenza. Chi ti sostenta pasce e consuma la tua idea: frequenta le gloriose aule, organizza le improbabili feste – dopo anni la libertà sa di segregazione –, si essicca al sole dei bar nella piazza, mezzo esame dato a semestre. Bologna, tu predisponi trappole per ventenni, trentenni, tu suggerisci un futuro che è già passato, un eterno ritorno del banale, e per questo rassicuri. Non avevamo fatto i conti con te, la città in cui tutti si baloccano con i propri feticci.
Bologna sei una chimera, tentacolari i tuoi portici, trachee mastodontiche in cui si moltiplicano i germi di questa umanità che ti abita. Le risate delle famiglie venute a festeggiare la laurea di un figlio idiota, le voci arrochite dei tossici, sempre uguali e lamentose, gli accenti impastati degli autoctoni, impegnati a giudicare il disagio provocato dal forestiero, a far cantare il soldo, unico dio rimasto in una terra che si fregia di un rossore politico ormai sbia-

dito. Ci cresci nella contraddizione, sobillando i nostri istinti, la potenzialità di notti passate in giro, cani nella steppa delle tue strade gelate, alla ricerca di un bar in cui imbucarsi, un volto come tanti con cui scontrarsi, chiedere, contrattare, avere facilmente – ancora più facilmente che nel paterno Meridione – una dose da consumare senza molta attenzione. E poi la mattina – borse sotto gli occhi, bocche lavate a fatica nel singhiozzare di un rubinetto sgocciolante – ci istighi ad affrontare le ragioni del giorno: la competizione dei flussi che si muovono scompostamente sotto i tuoi archi, che vengono inghiottiti dai palazzi dell'università, dai grattacieli di periferia da cui si partecipa ai meccanismi del mondo. Le tue promesse di libertà sfumano nella routine, nel verdetto emesso ogni giorno. Occorre essere vincenti, riuscire nel proprio agone, oppure perire, perdersi nel limbo di una grottesca gioventù eternata. Almeno fino alla prossima notte, quando la possibilità di sfamare i languori donerà nuova linfa al groviglio del compromesso. In questo legno abbiamo scolpito una maschera buona per ogni occasione, dipinto un'espressione di distacco in grado di metterci al riparo dalla violenza delle emozioni, che siano le ragioni della propria realizzazione, quelle dello studio,

dell'amore, della lotta, di ogni contraddizione su cui la città presto crollerà.
Bologna la grassa, la dotta, Bologna la rossa. Rossa: il sangue ribolle nelle ragioni della lotta. Ma è bene glorificarsi con tanta veemenza? Sei bloccata nel perenne divertimento, lo sei anche nelle idee politiche, i collettivi sbandati, i centri sociali trasformati in sale concerti, ruderi che al mattino vengono ripuliti dal vomito. E poi le manifestazioni ridicole, per riprenderci uno spazio che è sempre stato nostro, a cosa porterà tutto questo? Un mondo più giusto, più libero. Siamo indecisi sulle parole d'ordine da adottare, siamo braccati, ci sono i celerini, manganellano, frollano carni. Noi ribattiamo, muro di corpi contro muro di scudi, i volti stanchi, gonfi, le voci fioche che intonano cori, siamo zombie che sbattono sul carapace di cyborg, questo il martirio che ci siamo scelti pur di aggrapparci a qualcosa, poco importa che sia mero agonismo. Così pensano gli antagonisti. Così noi subiamo, sperimentiamo.
Bologna non sei miope, risplendi di grandi progetti, eppure perché fai finta di non vedere? Perché lasci che sulle tue strade si accalchino le schiere più misere? La città è una palude, si avverte il puzzo d'urina, il fiotto paglierino dell'ubriaco, lo spruzzo ambrato di chi sta male, di

chi dorme per strada e vive di espedienti, di chi combatte con il palmo rivolto verso il borghese. Bologna, la gente accosciata non ti fa effetto? Ti innalzi tronfia, indifferente al senso di colpa, sei cieca e non scorgi il mendicante di via Rizzoli, il vecchio orribilmente mutilato, le gambe ridotte a moncherini. Dal groviglio di membra spunta a fatica il palmo di una mano, chiede la compassione necessaria: chi sei tu, uomo, per meritare una moneta più di chiunque altro? Uguali diritti per ineguali doveri, il rigoglioso principio democratico. Bologna, il tuo gioco è scoperto, coltivi la magnificenza di chi forgia i vitelli d'oro, lasci le speranze degli altri a marcire nell'oblio. Sei italiana, italianissima, ma organizzata come una società indiana, a caste, anelli di diverse leghe bloccati dal parametro del censo, sei una collina terrazzata, una colata di alabastro che benedice l'oligarchia. Bologna, nel tuo tessuto siamo maturati, sembravi cullarci col tiepido vento fra i portici, oppure ghermirci con le enormi colonne simili ad artigli, il loro fiorire come un germogliare di villi intestinali. Forse è questa la Bologna che più ha scavato il giusto paesaggio, si è arroccata nel mio costato come si arrocca fra i colli, la città che ho amato e che ho odiato al tempo stesso.)

Se per me Bologna è stata un teatro ambivalente, come tutte le cose che ho attraversato, mischiando rancore e affermazione, per te ha rappresentato invece una piramide di cubicoli multiformi. Ti aggiravi nei corridoi della facoltà come invasato dalla tensione dello studio, e ancor di più dal desiderio di farti notare. Ti ritenevo un oplita della vita accademica. Ma in fondo era il tuo modo di mettere ordine al cosmo disastrato.

Persi nei rispettivi pensieri non avevamo molto da dirci, eppure – inscatolati in quella casa come stanotte lo siamo in questa stanza – perpetuavamo la farsa delle buone maniere, qualche volta ci arrischiavamo anche a uscire insieme. In quelle sere – mentre attorno automatismi sociali di cui noi non facevamo parte permettevano ai giovani di conoscersi, agli amori di sbocciare, alle amicizie di sembrare solide anche solo per il tempo di una bevuta – sedevamo in disparte in

qualche birreria del centro, cercando di recuperare il vecchio legame.
Bastava un diverbio per metterci di cattivo umore, io non capivo la tua filosofia, tu ti stancavi presto della mia.
Di giorno scaricavamo la tensione con lunghe passeggiate, respiravamo la beatitudine di un sacrosanto anonimato, lo status che in provincia risultava impossibile.
A volte mi chiedevi dove andassi e io ti rispondevo vago, poi ci incontravamo per strada, procedevamo in direzioni opposte, era come essere scoperti in un'attività imbarazzante, persi nelle nostre solitudini ci attraversavamo.
In quei momenti i palazzi mi carezzavano con la loro bellezza oscena, ma di più mi solleticava lo splendore femminile, intercettavo schiene, glutei, caviglie e li seguivo fino a vederli sparire. Si acuiva la consapevolezza di essere estraneo al sesso.
Tu eri più discreto, del resto dopo aver tenuto a bada la sofferenza del lutto, trattenere il desiderio era molto più facile.
Anche in quel campo i libri divennero la risposta: sapevi che affinando la mente, a un certo punto qualcuno avrebbe ceduto al tuo fascino; in fondo il primo a cadere nella trappola ero stato io.

Per me era diverso, l'omoerotismo era stato una trincea, un nascondiglio per non sentire la vergogna di essere un inetto con le coetanee. Devo confessarlo: più di una notte fui tentato di abbandonarmi ancora a quell'estremo placebo. Mentre dormivi, sgusciavo fuori dal letto, mi avvicinavo a te, avrei voluto ripercorrere le linee del tuo corpo, saldare bacino e glutei, la congiunzione delle nostre patetiche solitudini. Ma capivo che le sofferenze si sarebbero riacuite alle prime luci dell'alba. Sentivo i tuoi gemiti nel sonno, le frasi spezzate in cui riuscivo a distinguere il nome di tua madre, non so cosa stessi sognando, sapevo che la solitudine della carne impallidiva al cospetto del tuo dolore atomico.

E dunque di mattina mi spingevo con maggior vigore nell'affannata ricerca di un corpo femminile. Nelle vie cittadine tutti si squadravano, valutavano con uno sguardo le potenzialità altrui; in facoltà l'invasione giovanile scatenava la tempesta ormonale, maschi e femmine portavano avanti il rituale del corteggiamento nell'attesa che qualcuno si mostrasse preda o cacciatore, la volontà era quella di annullarsi nella copula per poi istigare nuovamente l'incessante lavorio dell'attrazione. La penombra dei porticati partoriva corpi snelli, curve ambiziose, perfette per farvi scivolare parole effimere. Io mi aggiravo con il membro inturgidito, il volto imbambolato nel tramestio di gambe. Soppesavo le visioni, la voglia di saggiare, toccare. Ero folle e vergognoso, mi sconcertava la facilità con cui una persona potesse incappare negli abbietti desideri di dominio. La mia maschera di banalità – il bohémien a cui bastava la trasgressione di una serata di alcol, droga e truci propositi – stava andando in pezzi? Per anni aveva funzionato: in provincia il personaggio interpretato poteva essere rudimentale. Qui non era sufficiente, bisognava costruirsi un'immagine sofisticata, identificarsi completamente con le proiezioni, per far sì che la recita si ravvivasse nella farsa.

Mentre mi angustiavo in questi pensieri, qualcuno decise di concedermi le sue attenzioni, dovetti sospendere l'autoanalisi, prepararmi a essere travolto dal primo illusorio rapporto d'amore.

Lo so, per te ciò che sto raccontando è un dettaglio, una minuzia che si perde nella vastità del pensiero. Hai avuto motivazioni più alte per intraprendere la ricerca della verità, mentre io mi sono approcciato alla scrittura per motivi futili, me lo hai sempre ripetuto. Chissà che adesso, in queste ore che precedono il nostro congedo, tu non riesca a capire finalmente che le mie ragioni non erano poi così diverse dalle tue, che non esistono cause prime e conseguenze, che tutto si mischia nella poltiglia della miseria umana.
Allora non approvasti quella mia ulteriore distrazione, lo capivo da come ci guardavi, di sottecchi, la barriera di un libro come segno fisico del tuo dissenso. Ma non mi importava, poiché credevo di aver trovato l'oggetto della mia smaniosa ricerca.

La vidi per la prima volta davanti all'aula del corso di letterature comparate: era una ragazza molto graziosa, sulle labbra un filo di rossetto che ben si accordava con il taglio e il colore dei capelli, aveva gli zigomi alti e un'espressione annoiata che a tratti si apriva in un sorriso deciso.

In aula la scrutavo dalle file più alte, incameravo particolari di lei che confrontavo di volta in volta con i precedenti, osservavo i suoi gesti, mi spingevo a spiarne le abitudini seguendola per i corridoi della facoltà.

Conoscevo la reale portata delle mie possibilità: certe ragazze sono bassorilievi da serbare nella memoria, preziosità inconsistenti, il ricordo non deve essere intaccato dall'imbarazzo di un approccio malriuscito. Per questo quando, al termine di una lezione, si avvicinò per chiedermi gli appunti, non fui scosso da alcun fremito, in me non c'era nessuna velleità, le risposi cordialmente, con una naturalezza inaspettata. L'arrendevolezza mi aiutò a risultare piacevole e brillante. Lei mi si sedeva sempre più vicino, i rapporti si estendevano alla vita fuori dall'aula. Io non capivo, ancora saturo delle mie ossessioni, mi immaginavo relegato al ruolo di amico. Lei si mostrava ironica e divertente, si scioglievano pian piano le sue espressioni severe: i silenzi che opponeva alla presenza estranea, le labbra serrate e gli occhi indagatori erano tec-

niche di difesa, il non-detto era il fascino che la sottraeva alle categorizzazioni. Si percepiva come un elemento estraneo, ci giocava, piegava lo sguardo altrui fino alla riverenza. Al suo fianco venivo assorbito da un turbinio emotivo. Cosa le piacesse di me non ebbi il coraggio di chiederglielo neanche la sera di novembre in cui lei mi si fece vicino, la sua mano sottile accarezzò la mia nuca, le labbra articolarono l'invito al bacio. Frugai nel mio codice genetico, capii il comportamento dei padri, del galateo biologico e sociale, e la baciai.
Lei era spregiudicata, ansiosa di saturare la distanza fra i nostri corpi, dischiudeva l'ego di chi si trastullava negli agi. D'altronde aveva un padre accademico che la nutriva di buone letture, era cresciuta in preda alla noia naturale, la solita voglia di evadere dal ceto borghese, di sperimentare un disagio simulato attraverso le droghe, consumare parvenze di rapporti umani nel riciclo di relazioni amicali e sessuali.
Della prima volta ricordo i nostri corpi che si modellavano sulla spinta. Gemevo sorpreso, mentre lei singhiozzava, ansimava sommessamente. Non pensavo, non sapevo cosa pensare, perché il tempo era stasi, la vicinanza dettava il battito cardiaco. Non era passione ma euforia, la soddisfazione del maschio accolto da

una femmina della medesima classe sociale. Mi estraniavo e analizzavo il quadretto: avremmo accordato i nostri comportamenti, replicato le dinamiche convenzionali, avrei cercato il consenso della sua famiglia.
Al tempo avevo intuito le logiche del rapporto eterosessuale e pensavo fosse semplice metterle in pratica.

I tuoi commenti, sebbene rari e all'apparenza distaccati, mi rimestavano dentro. Sì, stavo portando un'altra maschera, e stavo accedendo al rito successivo del credo borghese. Mi sembrava che tu – omosessuale, intellettuale, marxista – avessi abbandonato quel percorso.
Col senno di poi ho capito che sei stato solo più accorto, hai raggiunto il successo e il pieno riconoscimento nella società per altre vie, hai cavalcato l'ambizione in maniera clandestina e sei arrivato alla rispettabilità in maniera più fulgida, meno tormentata del sottoscritto.
Allora non lo capivo e mi limitavo a rigettare su di te il rancore che provavo per quella nuova farsa. Tra di noi si spalancava il silenzio, come fra due sordi che si ignorano.

Fu la convinzione di averla fatta mia che ingannò il cuore, il tempo necessario a darsi per vinto. Lei consumava le mie ossessioni, si appropriava delle mie stranezze, replicava in maniera indolore quelle paure che io vivevo seriamente.

Per me la sopravvivenza passava dal martirio, dall'incarnazione totale di uno stereotipo, in modo da zittire le voci di dissenso – il bambino luminoso in fondo al pozzo continuava a ridere del mio tentativo di diventare adulto.

Lei invece giocava a essere intellettuale, s'inventava paranoie, velava di disagio un fascino abbacinante. Era estranea alle vere crisi, alla megalomania di chi si crede superiore. Era un corpo, un bel corpo ricolmo di sentimenti inutili, attrezzato per vivere, consumare, affermarsi e poi morire.

L'idillio stava evaporando velocemente – me ne rendevo conto –, ma non avrei mai accettato che le mie fortune si estinguessero, per il momento mi beavo di vivere nel tepore. Abituata a prendere e ad abbandonare senza parvenza di rimorso, fu lei a decidere del nostro destino.

Mi lasciò sgranando gli occhi, accordando parole esatte. Eresse una barriera di discorsi e carezze, che sarebbe diventata la trincea del rifiuto qualora mi fossi azzardato a disperarmi, a sdilinquirmi nel pianto.

Non avevo altra scelta, chinai la testa e mi ritirai sconfitto. Così lei divenne il fantasma di un futuro abortito, un passaggio a vuoto nel diorama della memoria, da maledire, da accantonare. Un banale maschilismo avrebbe insozzato la sua figura, un melenso periodo di pianti l'avrebbe seppellita, trascinata nell'oblio.

Iniziai a scrivere. A causa di quella storiella finita male composi i primi racconti. Personaggi esangui e cinici, mostri deformi che si muovevano fra i porticati insieme a ratti, uomini nuclearizzati, visioni da bestiario medievale. Diedi sfogo al mio espressionismo d'accatto, lo stile che, debitamente depurato, levigato, riportato al docile contesto borghese, pratico ancora oggi e mi permette di avere un guadagno.
Non avevo mai mostrato interesse per nulla, eppure ecco la mia blanda attitudine umanistica coagularsi in qualcosa di compiuto. Come per dimostrare a me stesso che, se avevo fallito sul piano dell'esperienza, se stavo fallendo sul piano del pensiero – tu eri sempre lì a confermarmelo –, almeno non avrei fallito sul piano dell'affabulazione, l'arte della menzogna attraverso cui, sbandierando a priori la propria miseria, mettersi al riparo dall'evidenza della sconfitta.

Il biografo lo sa, ingrassa la pagina di annotazioni, commenti emozionati. Sono stato banale: la delusione amorosa ha propiziato la spinta creativa, il peggior inizio per uno scrittore che ha costruito la sua carriera sulla profusione di cinismo. Il biografo mi difende, razionalizza le idiosincrasie, si guadagna la stima incensando lo scrittore che ha scelto di seguire. Forse anche lui è una persona orribile, l'impostore che avverto di essere nei momenti in cui prendo atto di non aver mai primeggiato in niente con te. Se non adesso, nel sopravviverti.

Chiudermi a scrivere mi costò un anno di università: non andavo più a lezione, bucavo gli appelli, smisi di frequentare i pochi compagni che mi ero fatto sui banchi.
Tu non te ne interessavi, per te era tutto facile, lo studio era il tuo alimento naturale, la suprema astrazione ti rendeva un corpo sfuggente, un solido proiettato nel pensiero dialettico.
Mi vedevi scrivere e nell'ingenuità del tuo silenzio forse pensavi che stessi meditando sulle nostre discussioni, sulle questioni di cui mi avevi fatto partecipe i primi tempi. E invece accumulavo parole su carta quadrettata, incidevo i fogli con la biro come fossero ferite da mondare. Ero impegnato nello stesso inutile

processo di rimozione del dolore che animava le tue notti, ma avevo il buongusto di non atteggiarmi a sapiente.
Completai quei racconti accogliendo ogni singola goccia di rabbia, ogni ridicolo pianto. Li ficcai in una cartella, poi nel fondo di un cassetto e me ne dimenticai.

Eravamo arrivati al punto in cui non facevi più nulla per cercare di risollevarmi, dovresti ricordartelo. Mi lasciavi annegare nel mio odio, impegnato com'eri nel raggranellare attestati di stima. Da altri, non più da me di cui tu stesso, credo, non avevi più rispetto. D'altronde necessitavi di nuove sfide e io costituivo solo un contrattempo.
Passasti dai nostri colloqui abborracciati ai gruppi di studio dei circoli marxisti. Ti confrontavi con altri esegeti, t'impratichivi nell'attività politica, imparando a discernere le varie correnti della galassia socialista.
In quell'ambiente di rimasticature leniniste bastava sciorinare le solite frasi per suscitare entusiasmo. I professori in pensione gongolavano e si pulivano gli occhiali davanti ai tuoi discorsi, i sindacalisti si levavano in un brusio di approvazione, gli altri studenti fendevano l'aria con il pugno, intonavano canti comunisti. Il tuo

eloquio da libro stampato bastò per superare il bruciante apprendistato.
Ognuno voleva irretire il giovane marxista, portarlo dalla propria parte, legarlo a un partito, trascinarlo negli scioperi a sventolare bandiere e a contestare le fazioni avversarie.
Tu consideravi ogni proposta, la smontavi sulla base di dogmi indiscutibili, dopodiché ti astraevi nuovamente e tornavi a studiare, mostrandoti abile nel gestire la tua ascesa.
Cominciai a rifiutare il tuo mondo non più per istinto, ma con cognizione: i professori, i politicanti, le conoscenze che sarebbero diventate la base della tua affermazione futura. Allo stesso modo, immagino tu ti chiedessi come facevo a non interessarmene, a non prendere coscienza delle mie contraddizioni.
In questo avevi ragione: con troppa superficialità consideravo il comunismo un'idea inconsistente e superata, un inutile accanimento dell'astrazione.
Mi sbagliavo, perché tu avevi capito che quei concetti non erano mai tramontati, potevano essere sfruttati alla luce del presente.
Il tuo funerale ne è stata la riprova tangibile: i volti composti nel saluto al professore mi hanno rivelato che hai saputo fare tue certe intuizioni novecentesche e costruirci sopra un'inarrestabi-

le ascesa. Hai avuto solo il demerito di accentrare il potere su di te, piuttosto che ridistribuirlo come vuole la dottrina che hai predicato.
Non hai mai ritenuto opportuno che servisse sporcarsi le mani, la produzione teorica costituiva un fortino impenetrabile: borbottavi per ore sui libri, intraprendevi letture che duravano mesi, mancavi alle manifestazioni, alle assemblee pubbliche, sostenendo che eri impegnato in chissà quale fondamentale riflessione. Quando è scattata la meccanica dell'ambizione? A un certo punto hai deciso di tentare la scalata al mondo accademico, l'hai fatto sciogliendo la tua lingua affilata.

Questi giudizi mi risultano facili, ti sei accorto che anche stasera parlo di me. Il soliloquio ebbe inizio in quel periodo. Tu eri una bestia da soma, con feroce abnegazione fabbricavi le giornate attorno all'ennesimo concetto. Mi lanciavi sguardi trasognati e non ti accorgevi che stavo annegando nel dubbio, mettevo in discussione il tuo mondo perché non lo capivo. Avevo paura di rimanere solo, ma la solitudine che mi calò addosso non fu dovuta alla tua mancanza. Era tempo di affrontare una separazione ben peggiore, ineluttabile.

Il telefono aveva squillato nel mezzo della notte, poche ore prima mio padre era caduto, un malore causato dalle medicine, dai dosaggi eseguiti con dita tremanti, si era sbagliato, qualcosa era andato storto.
Mi posasti la mano sulla spalla, sapevi che avrei svolto con devozione il mio dovere, memore della tua esperienza: avrei preso il treno di lì a poco e sarei corso all'ospedale, salito a due a due le scale e superato i medici, sarei arrivato in rianimazione. Mi avrebbe accolto lo sguardo di mia madre, la bocca arida di parole, e insieme avremmo indossato strati asettici per allontanare la profezia mortale, attraversato il reparto fino a *quel* capezzale.
Quanta luce nella visione. Il padre giace immobile, la tumefazione sull'occhio gli risucchia il volto, la testa grigia è piegata sulla spalla, la bocca semiaperta, la bava gorgoglia, è l'unico segno di vita. Gli aghi si insinuano sottopelle, gonfiano

i tessuti e scorticano i polsi, le braccia si macchiano di viola. Il padre canta il ritmico peana della macchina, la voce è stridula, a lui risponde il respiratore, sul petto si accumula la pressione, poi esplode il singhiozzo, assistiamo a uno spettacolo forzato, una vita che arranca.
Chissà per quanto tempo madre e figlio avrebbero potuto oscillare fra perdita e risentimento, quante volte il figlio avrebbe dovuto udire il racconto della madre – stavolta non urlato, non sputato, dimentico delle trincee scavate in passato –, la voce malinconica a ripercorrere le vicende della sera in cui aveva trovato il padre riverso a terra, mentre si infrangevano i richiami, i tentativi di scuoterlo per i piedi.
Chissà quante diagnosi avrebbero dovuto riformulare i medici, consultando gli esami in cerca di qualche progresso e trovando invece nuovo decadimento: il fegato affaticato, i polmoni maltrattati da un'oscura massa infetta, fantasmi catramosi venuti a reclamare il vecchio. La madre e il figlio si sarebbero stretti nel silenzio, consumati nell'attesa. Gli amici si sarebbero allontanati, i parenti sarebbero venuti in visita a turno.
Ma il coma durò solo quattro giorni, quattro notti e una manciata di ore, il padre aprì l'occhio sano e si guardò intorno, la bocca spalan-

cata, sdentata, il corpo che fremeva alla ricerca di ossigeno.
Scatta la selva di braccia, gli infermieri infilzano il corpo, regolano le pompe, iniettano nuove sostanze nel sistema già intasato, il padre è sedato perché nasconde un cervello putrefatto, un polmone raggrumato. Sembra che l'uomo si stabilizzi, che galleggi nella peristalsi del respiratore. Madre e figlio, parenti e conoscenti si avvicinano al vetro e guardano l'occhio opaco.
Ben presto fu chiaro che il padre non voleva vivere, non combatteva contro il male. Cosa fare allora? Bisognava tentare, affidarsi al metodo non ortodosso, avvicinarsi con calore umano – per quanto consente il pastrano igienizzato – e sussurrare qualche semplice frase da contesto familiare, qualche input per mettere in moto la reazione. La madre ci prova, il parente ci prova, ci prova l'intimo amico, a chi manca provare? Chi deve dimenticare il passato e sussurrare?
Il figlio penetra nel limbo, si avvicina al giaciglio, il padre si contrae da ore. Lo trova diverso, mutato, stravolto dalla coscienza riaffiorata e avvedutasi del pericolo. Chi era quel vecchio? Il padre cresce attorno al tubo, il pezzo di plastica gli sfonda la gola, è la tracheotomia, un mantice che insuffla la vita e allontana il baratro. Il figlio ha ingrossato tante volte le vene del

collo, adesso bisbiglia, spende parole di falso incoraggiamento, rimastica una volontà inerme, prospetta lo scenario del ritorno a casa, del padre che sta bene, che è forte e non deve più combattere neanche contro la depressione.
Ma come fa a crederci – lo scorge adagiato, simile a un ciocco resinoso –, che speranza deve abbracciare, come può illudersi che gli scatti involontari siano tentativi di comunicare?
Per osservare, per distanziarsi e capire, torna dietro il vetro. Le braccia conserte, non vuole abbassare le difese.
Di nuovo a casa, mangia in silenzio, la madre accampa l'ennesima menzogna, tutto si sistemerà. La speranza è irreale, la madre si consuma, è abbattuta, bisognosa del padre, il polo negativo dell'equilibrio nella faglia dell'unione coniugale.
Il figlio scava tra le lenzuola, aspetta gli incubi e nel frattempo si interroga sulla natura dei suoi sentimenti.

Quel figlio sono io. Tutto questo lo hai provato tu stesso, amico: anche tu nell'ora del lutto ti sei sentito oggettivato, ricondotto al puro dato biologico, siamo figli dei nostri padri e nessuna delle nostre astrazioni potrà recidere quel legame dannato.

Per anni mio padre era stato un buco nero, la fossa biologica di ogni frustrazione. Lo sai, te lo ripeto ancora.
La lontananza, l'interruzione della routine quotidiana mi avevano permesso di reprimere certi sentimenti, evitavo i discorsi con cui avrei invelenito l'aria, minimizzavo gli insulti e i momenti di tensione. Lo guardavo senza disprezzarlo come un tempo, lo tolleravo quando appariva euforico, animato dalla gioia artificiale che lo trasformava in un individuo tronfio, incapace di masticare uno stupido grazie. Quello che avremmo voluto: un grazie, la riconoscenza del malato verso i propri benefattori.
Con gli anni avevo ricacciato i tormenti nel fondo del cuore, quel legame malsano in cui lui e mia madre mi avevano trascinato per tutta l'infanzia. Li lasciavo alle loro guerre, isolandomi nella mia vecchia camera dalla porta sempre chiusa, o tornando nella nostra Bologna.

Rannicchiato sotto le coperte guardavo il vetro tagliato dalla luce: era il grigiore delle stelle, i fanali delle auto che si riverberavano con lo stesso fulgore degli aghi infilati nel polso di mio padre. Ripensavo a ciò che avevo provato a dirgli, allo sguardo riverso del genitore che non mi aveva accolto.

Nell'oscurità mi agitavo a scatti, i tormenti sapevano di rivoluzione. Prendevo coscienza di ciò che mi logorava dentro: amavo il debole padre.
Pensai di andare da lui, prendergli la testa fra le mani, sussurrargli tutto quello che avevo taciuto, non più le parole di circostanza.
Avrei voluto tranquillizzarlo, proferire frasi veritiere per concedergli quella pace che aveva sempre cercato: Sì, padre tu morirai, morirai ma non sarai conscio, i sedativi ottunderanno i sensi e le necrosi non porteranno pentimento, chiuderai gli occhi e sulla retina, oltre al baluginio del neon, rimarrà impresso lo sguardo sincero di tuo figlio.
Mi sarei mostrato a lui reprimendo il pianto – se lo avessi lasciato sgorgare avrebbe inondato ogni cosa –, poiché all'improvviso avevo compreso che non avevo mai avuto la forza di riconoscere il coraggio che aveva dimostrato nel renderci partecipi di tutto il suo dolore – la tragedia va riconosciuta, affrontata insieme.
E ancora, guardandolo nell'unico occhio che vedeva, gli avrei detto: Padre tu sei padre in quanto padre, non posso sfuggire al riconoscimento, le costruzioni razionali si sfaldano al cospetto del dato, del seme che si è fatto carne, padre tu sei padre e non puoi non esserlo, e io,

figlio devo chinare il capo perché nonostante l'odio, il dolore, i mille modi in cui ho cercato di fuggire, io ti amo.

Stanotte, amico mio, avrei dovuto mostrarti di aver guadagnato, nei tanti anni che ci hanno diviso, un briciolo di coerenza, di razionalità. Risalendo il sentiero della memoria mi accorgo che sto fallendo nell'intento.
Incappo nel ricordo di mio padre, sussurro a te le parole che non gli ho saputo dire. Mi sembri tremare e per un secondo hai il volto del vecchio. Poi ritorni a essere tu, i lineamenti mi appaiono più gentili, così ti rivedo, come quando eravamo vicini, come nel giorno del suo funerale: avevi lasciato i tuoi studi per sostenermi.
Avevi già passato ciò che io stavo provando in quel momento, non c'era bisogno di parole, di frasi che si stendessero come ponti. Bastava una spalla, un braccio nell'angolo periferico del mio sguardo fisso sul pavimento, nelle ore passate col groppo in gola, a trattenere il pianto e purtroppo a ingoiare anche il discorso che ho pronunciato in queste ore buie, che non ho saputo tradurre per quel padre morente.
Devo ammettere che, attraversando la notte, se tu fossi qui in carne ossa, e non solo come spirito, abbandonerei il confronto, ti stringerei

a me con l'amore fraterno che ci è diventato alieno.
Di tutte le complesse architetture che abbiamo messo in piedi, il lutto è stata la nostra più limpida forma di riconoscimento.

Amore e odio galleggiano sulle acque del desiderio, banali sentimenti umani, meschini perché condivisi, magnifiche cause di fallimenti. Non è legittimo spingersi oltre, non c'è nulla oltre il dolore e la famiglia, la fratellanza e il tradimento, l'amicizia e la rivalità. Sono due le azioni che può compiere l'uomo: scavare nel proprio animo o seppellirsi nelle cose del mondo. Tu cosa hai fatto? E cosa ho scelto io?

Avrei voluto sussurrare anche questo al genitore, non avrebbe capito, non avrebbe compreso neanche da sano. Non dovetti sforzarmi, non potei neanche fregiarmi dell'estremo fallimento, il mattino dopo il padre era già cadavere. Morì il padre, tradito dal cervello, dai polmoni, dal fegato. Morì il padre, escludendo un futuro da vegetale. Morì perché era la scelta migliore, e forse dimostrò l'assennatezza che nessuno gli aveva attribuito in vita.

Ai funerali esibii la giusta gradazione di dolore, gli occhi vitrei per accogliere frasi ipocrite. Tutti approvarono la mia compostezza, volsero lo sguardo verso il ragazzo che si affacciava dal pulpito. Tenni il mio discorso, evocai i dogmi di una religione che non avevo mai rispettato. Lasciavo fluire le parole di commiato, scrutavo la platea per misurarne l'effetto. Ti scorsi sul fondo, il profilo mangiato dall'ombra di un angelo di marmo.
In quel momento fui conscio del dolore dilaniante che avrei avvertito. Non subito – non mentre parlavo e costruivo l'estremo ritratto – ma in seguito, a cerimonia conclusa. Quando il feretro avrebbe lasciato la chiesa scomparendo nell'ultima curva del viaggio. Avresti posato la mano sulla mia spalla, io avrei capito.

Lo sconforto mi sorprende a colazione. Sono al bar, con una mano tengo la tazzina, con l'altra afferro un cornetto. Sono le rapide movenze da scarafaggio del padre. Lo guardavo dal basso, appoggiavo le manine sul piano. Lasciava un paio di monete e mi faceva un cenno. Così fingeva sicurezza in pubblico, in macchina avrebbe ripreso a piangere, mi avrebbe dato un buffetto, ero il suo tesoro. Non capivo, aborrivo il gesto, il padre non deve piangere.

Incameravo la convinzione, non sapevo che un giorno sarebbe tracimata in rabbia.
Adesso non gli sono uguale? Mangio con la stessa avidità, la stessa fretta che non permette di interagire. Erigo una barriera, affinché non si intravedano le mie debolezze. Sono l'immagine del padre.

Mi sovviene un altro ricordo. Torno piccolo, sono ancora nel bar, con mio padre a fianco: il bancone si perde in prossimità di una porta. Mi scappa la pipì, non riesco a trattenerla. Lui mi guarda inerme perché queste sono le incombenze di cui si occupa la madre. Dietro la porta c'è una latrina a cielo aperto, uno spiazzo di cemento rubato all'intercapedine fra due palazzi. Mi posiziono contro il muro, abbasso i pantaloni. Il padre ne approfitta e adesso anche lui scrolla il pene, lo agita nella minzione. Lo guardo affascinato perché il pezzo di carne sussulta come una piccola proboscide. Faccio una cosa strana: spingo in avanti il bacino e inizio a gemere, i versi che sento provenire dalla televisione nelle notti di insonnia di mio padre. Lui dapprima fa finta di niente, poi abbassa il capo, mi guarda indispettito, mi ordina di tacere. Mi passa un fazzoletto, è plastificato, l'ha preso in sala. Non ho ancora finito, ma lui lo avvolge attorno alla pelle rosa, sento la fibra bagnarsi di urina, appiccicarsi. Appoggio le dita sul dorso della mano paterna e assecondo lo strofinio.

Il ricordo finisce qui, nella memoria si smorza ogni cosa, perfino l'immagine del mio piccolo pene e di quello archeologico del padre, il membro ingrigito che avrei rivisto anni dopo, sotto la vestaglia durante una delle sue crisi.

Cosa significa quell'istante in cui avevo provocato imbarazzo al genitore? Intuisco la resistenza di un nodo, ma non ho nessuna voglia di scioglierlo, mi basta soffrire per quel semplice ricordo, prima o poi troverò la forza di eliminarlo.

Che i nostri dissidi intellettuali non c'entrino nulla? Amico, ora che la notte sta scolorendo, è giusto dubitare di ogni passo. Forse si può ricondurre tutto alla sepoltura, non alla tua – ancora fresca, come la terra che non ti impedisce di starmi di fronte –, ma a quella dei nostri genitori.

Ho vagato di lutto in lutto, rimuginando sui presunti traumi della mia esistenza, dannandomi perché non si possono sostituire i ricordi e cambiare ciò che è stato.

Tu hai condotto la transizione verso l'età adulta in modo diverso: aggrappandoti alla scialuppa dei tuoi cari finché questa ha retto, imparando a nuotare al primo cedimento, quando il naufragio sembrava vicino e l'unica cosa da fare era buttarsi fra i marosi senza guardare indietro.

Guardare indietro: questo non hai fatto. Con ardore geometrico hai tracciato il tuo disegno, riuscendo a diventare il filosofo, l'accademico, lo stimato professore, l'uomo che avevi sempre desiderato.

Io, al contrario, dell'oasi del ricordo ho prosciugato ogni pozza, ogni rivolo, e ora mi trovo nuovamente nel deserto. Guardare indietro: ti sto costringendo a fare questo e sto nuovamente costringendo me stesso a raccontarlo.

(Anni dopo ho scarpe più eleganti, anche se sporche di polvere allo stesso modo. Sto camminando nel cimitero del paese, un luogo che abbiamo dovuto frequentare a più riprese.
A confronto della megalopoli di tombe in cui sei seppellito tu – il cimitero monumentale di una grande città – questo raggruppamento di pietre e corpi che marciscono sembra un piccolo villaggio. Qui sono sepolti i tuoi genitori, passo accanto ai loro nomi e vedo solo erbacce, candele spente, una sensazione generale di incuria.
Amico, ti parlo della mattina di un giorno in cui tu eri ancora in vita, in giro chissà dove per chissà quale convegno. Di sicuro non capitavi lì da molto tempo. Non provo niente osservando i volti di chi ti ha generato, abbasso lo sguardo e tiro dritto, la mia destinazione è sul fondo. Scavalco le tombe, mentre le piante si offrono alla vista in un verde luminoso, e i calabroni mi ronzano intorno, rumorosi e ben nutriti.

È un fatto: la decomposizione alimenta questi organismi, li fa proliferare a tal punto che l'osservatore può gioirne. Attenerci al mero dato biologico ci aiuterebbe come specie a spezzare le catene del regno artificiale in cui ci crogioliamo. E invece, pur di dimostrarci superiori alle bestie, abbiamo lasciato sedimentarsi nei millenni un galateo faceto, ci siamo lasciati assorbire da una palude di pensieri, parole, minuscoli avvenimenti che noi, dal basso della nostra prospettiva miope, abbiamo etichettato come *cosmico-storici*.

La Storia – proprio quella di cui tu ti riempivi la bocca quando discettavi di filosofia – ha senso solo come abbaglio collettivo e basterebbe che un solo uomo urlasse dal pulpito del mondo la propria estraneità alle vicende umane per sgretolare il simulacro che noi tutti crediamo macigno sulle nostre spalle.

Per un attimo mi illudo che quell'uomo sia proprio io, che la mia collera abbia avuto una tale portata, poi mi rendo conto che sto vaneggiando, che stringere i pugni e maledire la specie non mi aiuterà a polverizzare le condizioni storiche; la storia, anche se scritta con una minuscola umidiccia, condiziona il nostro transito nel mondo, e ci indirizza nel ventre del destino di ciascuno.

Penso questo mentre raggiungo la ziggurat di loculi in cui risiede mio padre. Mi nascondo dietro un'astrazione febbrile pur di non abbracciare il senso di smarrimento con cui, animato da non so quale scopo, sono venuto a trovare il genitore. Ancora una volta, mentre salgo le scale, mi accorgo di quante divergenze ci siano fra me e lui.

L'edificio a cinque piani che ospita i loculi è l'aggiunta estrema del cimitero, un brutto esempio di architettura postmoderna – tutta spigoli e colori sgargianti – che ha attirato sin dalla sua costruzione l'attenzione di mio padre. Sembra un condominio in cui ogni defunto può accogliere la propria nera famiglia, e illudersi che, fra scale spazzate e vasi di orchidee su ogni piano, la mediocre quotidianità prosegua anche nella morte. Mio padre ha scelto come casa un loculo al quarto piano, in una parete con altri venti giacigli.

Ricordo che, nella mia adolescenza, quando la malattia lo riduceva ai minimi termini, sfogliava il catalogo recapitatogli dall'agenzia di pompe funebri, e vagliava la posizione dei vari loculi – più o meno vicini alla finestra, più o meno esposti al viavai dei visitatori – come se si trattasse di scegliere un nuovo appartamento. A rate, proprio come un'abitazione, ha pagato

questo buco nel muro, si è indebitato per assicurarsi qualche metro spoglio in cui lasciare che le sue ossa diventino polvere.
Mentre raggiungo l'estrema finzione ordita dal debole genitore, e busso sulla lapide come fa un venditore di enciclopedie alla porta di un estraneo, considero che mia madre si è fatta cremare. Almeno lei ha affrontato la realtà della fine, evitando di illudersi che una tomba possa rivelarsi confortevole.
Sono tentato di tirare un calcio al muro, in modo che il rimbombo faccia tremare le cavità, il legno marcio delle bare, le ossa spolpate, i denti scricchiolanti dei defunti. Chissà che quel baccano non li risvegli, li spinga ad aprire i boccaporti delle tombe, per radunarsi attorno a me, ballando dinoccolati come in una terribile allucinazione.
E invece tengo a freno il piede, me ne vado poco dopo, lasciando mio padre alla sua vita dopo la morte. Nessuna rivelazione da commedia mi è stata fatta, e io d'altronde non ho suscitato alcuna epifania.
Ecco un'occasione sprecata: continuo a percepirmi come un personaggio drammatico, impegnato in chissà quale arguta recita da palcoscenico, mentre non mi rendo conto che non c'è nessuno fra il pubblico, che non c'è nem-

meno la possibilità di avere un pubblico, che persino tu, amico, hai travisato la portata delle nostre azioni, la potenzialità – in verità miserrima – delle nostre vite.)

La morte di mio padre ci fece riavvicinare, fugacemente, mi sostenesti nel silenzio, l'unico farmaco nella baraonda delle condoglianze rimasticate. Ma, passato il momento di debolezza, si riaffacciò il rancore.
Di quei giorni mi torna in mente il dilemma su cui riflettevo: se rimanere con mia madre, ormai vedova e sola, nella grande casa popolata dalle tracce della malattia di mio padre, oppure ritornare alla vita bolognese, tentare di finire quel percorso di laurea preso per il verso sbagliato. La ragione pendeva dalla parte della madre: in fondo non c'era molto che mi tenesse legato a Bologna, stavo perdendo la gioventù caracollando da un bar all'altro, tanto valeva che mi trovassi un lavoro da spaccarsi le ossa, nell'arida culla del Meridione.
Ancora una volta tu decidesti per me. Te lo devo confessare stanotte: sei sempre stato ignaro dei meccanismi della mia mente, delle scelte

che mi hanno portato a ricercare questa maledetta rivalità. O forse ne sei stato cosciente, ma hai saputo occultarlo in maniera più raffinata. Sta di fatto che l'astio tornò, si palesò con la tua persona, e per una minuzia.

Un pomeriggio, pochi giorni dopo il funerale di mio padre, ti presentasti a casa mia, con fare sornione discorresti con mia madre, la consolasti per la sua nuova condizione in maniera tanto gentile che tornai a guardare con sospetto quella tua brillantezza. La sapienza di un lutto già esperito, razionalizzato nel corso degli anni, ti permetteva di toccare le corde giuste, di depositare nella conversazione le parole che una vedova avrebbe voluto sentirsi dire. Non fu tanto la tua esibizione a urtarmi, fu piuttosto la sufficienza con cui, al termine della visita, mi comunicasti che il giorno dopo saresti tornato a Bologna, in ateneo, per riprendere il tuo percorso di studi che stava volgendo al termine: di lì a qualche mese infatti ti saresti laureato e poi saresti partito per un periodo all'estero.

Ripensandoci adesso, non ritieni di essere stato sfrontato?

Non invocavi un mio ritorno – a tal proposito in realtà ti dicevi comprensivo riguardo ai dissidi e ai dilemmi che mi attanagliavano. No, in quel momento così delicato mi palesavi il tuo ennesi-

mo trionfo, la borsa di studio che avevi vinto, la possibilità di andare in Germania, a perfezionare il tuo già meritevole curriculum di filosofo in erba – non eri neanche laureato e già ti cercavano le migliori università d'Europa.
Io non potei fare altro che complimentarmi, accordare qualche frase banale, nascondermi dietro la consuetudine per dissimulare il disgusto. Sarei venuto alla tua laurea, quando sarebbe stato il momento. Intanto, nei mesi che intercorsero finsi di accudire mia madre, di starle vicino come ci si sarebbe aspettati da un figlio diligente. In realtà mi consumavo di rabbia, e i brandelli di me si raggrumavano nuovamente nell'azione della penna.

Scrissi un romanzo, il tentativo di dimostrarti che, al di là delle geometrie della filosofia, esistevano altre architetture, sbilenche, contraddittorie, eppure altrettanto nobili. Anzi, più genuine, perché prive delle pretese di verità che animavano la tua disciplina e che si concludevano in enormi fallimenti.
È proprio dal fallimento infatti che si origina la letteratura, dall'esile respiro del linguaggio che si scopre inadeguato a nominare il mondo e per questo si sforza di superare se stesso. Non c'è pensiero alcuno nello spazio letterario,

nessun approdo sicuro, lo sa lo scrittore che si ingegna per abbracciare il tutto, anzi, per inventarlo, frase dopo frase, un periodo costruito sull'altro, nella speranza che il vuoto non risucchi ogni sillaba.

Persino tu, mio amico fantasma, non sei altro che un'invenzione letteraria, un delirio che io potrei cristallizzare, mettere su carta, perché – anche se non esisti, sei partorito dalla mia mente – io ti credo, ti vedo, vivo nel prisma demiurgico della menzogna, e con questa materia posso modellare demoni o fuochi d'artificio, rivali o migliori amici. Lo stesso si può dire per la tua disciplina? La filosofia è ancorata ai ceppi del già detto, del già dimostrato, è una scienza piombata dalla convinzione di essere esatta, eppure mai in grado di materializzare l'oggetto del proprio discorso. Mai in grado di colluttare con la materia morale ed esistenziale su cui ambisce di ragionare. Vi nascondete dietro a tanti ideali, ma alla fine, voi filosofi – tu per primo, filosofo di grande successo – non siete altro che uomini che vagano nella nebbia. In questa nebbia puntate lo sguardo, date un nome all'ignoto illudendovi di dominarlo, senza accorgervi che vi state perdendo, che l'unico modo per riconoscersi è accettare il vuoto, e *tentare di scavarlo dall'interno*, fino alla prostrazione, al fallimento.

Il biografo adesso ha vita facile: ho dispiegato una serie di concause, le può enucleare, disporre in fila per bene. È in grado di articolare un commento, lasciare al suo periodare forbito l'interpretazione del mio cosmo. Il dolore della perdita, la voglia di distanziarsi dalla società intera, di dimostrarsi migliore sul piano intellettuale e su quello più scivoloso della morale. Ecco la sua bella spiegazione. È soddisfatto, ha prodotto un lavoro egregio, ha frainteso tutto. La letteratura è illusione, deformazione, la bugia raccontata al prossimo.

La contemplazione della merda: questo il titolo che avevo scelto per l'opera figlia della collera. L'autobiografismo: la menzogna in cui volevo appartarmi. Si raccontava la mia vita (d'altro canto come avrei potuto esimermi?), il narratore parlava per mia bocca, pativa le angherie psicologiche che credevo di aver subito in gioventù. Avevo inserito un elemento beffardo, la discrasia che caricava il meccanismo della letteratura: le feci funzionavano in maniera oracolare. L'uomo smetteva di defecare, volgeva lo sguardo sulle gemme a mollo, la materia gli appariva stravolta, affioravano volti e immagini, azioni presenti e future. La visione lo sconvolgeva, le feci sembravano ribollire, tracimare dal bordo, crescere come portentose braccia pronte a ghermirlo. Lui piangeva, tirava lo scarico, allontanava il nero frutto dei suoi intestini.

Con la scusa di partecipare alla tua laurea abbandonai mia madre, lei mi lasciò andare simulando una forza che non aveva – di lì a poco i fatti me lo avrebbero dimostrato. Tornai a Bologna per la cerimonia, un evento durante il quale, di fronte agli accademici riuniti in semicerchio, con la tesi su Marx e la contemporaneità aperta sul palmo, sfoggiando doti retoriche notevoli, impressionasti tutti: i tuoi relatori, tuo padre che sedeva in prima fila già piegato dalla fatica, i sindacalisti interessati a cooptarti nelle loro organizzazioni, gli operai che ti fregiavi di frequentare, come fossero una bandiera della tua coerenza, gli intellettuali più o meno conosciuti con cui ti tenevi in contatto.
Ti laureasti con il massimo dei voti, e ciascuno si spese in elaborati elogi. Io ti riempii di pacche sulle spalle, simulando una serenità che non avevo. La sera, dopo la festicciola, a dire il vero sobria – non era più tempo per te di bagordi, e persino io mi trattenni –, tornati nella casa che avremmo diviso ancora per poco, accennai al romanzo, ti intimai di leggerlo.
Ti passai il manoscritto con il disprezzo di chi

vuole affermare la propria superiorità. Aspettavo il tuo responso alternando supponenza e insicurezza. In quei giorni ti limitavi a leggere con le labbra serrate, percorrendo con l'indice i passaggi più complessi. La tua espressione era dura, il volto contratto dai mugugni.

Quante volte nel corso degli anni avrai dovuto ascoltare le lodi di quel romanzo passato in origine fra le tue mani? Quante volte avrai dissentito?

Nel frattempo preparavi le valigie, perché di lì a poche settimane, salutato tuo padre che aveva fatto ritorno nel Meridione, saresti dovuto partire. Non ti chiesi come e quando avevi imparato il tedesco, ma a quanto pare era successo. In un frangente normale sarei stato invidioso anche di quello, ma allo stato attuale delle cose ero solo interessato a capire se ti avevo impressionato, se mi ritenevi in grado di competere, nonostante ti sfidassi con armi diametralmente opposte, nell'agone del pensiero. Come ai vecchi tempi, quando non c'erano le sirene dell'accademia ad ammaliarti e io ero l'unico interlocutore a cui tenevi.

Passavano i giorni e tu continuavi nei tuoi affari: non avevi mai letto un libro tanto lentamente, con così tanta attenzione. Non sapevo se esserne lusingato o spaventato.

Ripercorro cosa accadde il giorno della partenza: mentre aspettavi il taxi che ti avrebbe portato in aeroporto, attorniato dalle valigie che, a dire il vero, contenevano pochi vestiti e molti libri, ti decidesti a emettere il verdetto. Me lo dicesti chiaramente: ti sembrava un polpettone piccolo-borghese. *Epica dell'irrazionale*, queste le parole che articolasti, quasi a lasciarle ammuffire nel mio silenzio. Le tue categorie erano ferree, rispondevano a logiche e dialettiche, la scienza esatta di pensiero e materia. Non potevi tollerare duecento pagine di macchinazioni egotiche, non digerivi la morbosità psicanalitica, l'arido florilegio di cinismo.
Ti confesso che quel giorno pensai che tu non ci avessi capito nulla, costretto com'eri nelle tue striminzite categorie filosofiche. Adesso bramo un esercizio rigoroso, un intervento protervo che demistifichi le mie illusioni. All'epoca ero ricolmo d'odio e vanità, mi vendicai come meglio potevo.
Ricordi le parole con cui ci congedammo? Io penso di sì, eri sulla porta di casa e fuori l'autista già suonava il clacson. Quelle parole sarebbero risuonate per molto tempo tra di noi – del resto quello fu il primo vero sfogo, il momento in cui finalmente espellevo la tensione accumulata in anni di fraintendimenti.

Sì, amico, i tuoi occhi si offuscano, un'altra ora grave è passata e l'alba si fa prossima, io devo riportare quell'accusa esatta, per non tralasciare nessun elemento, picconare ogni strato geologico del ricordo.

Credi di essere migliore, passi il tempo a studiare, a scrutare forme enigmatiche che noi non possiamo capire. Fabbrichi le tue categorie, rielabori le teorie di altri, non t'importa la distanza dagli oggetti, non t'importa di ignorare l'ora in cui andrai a dormire. Piove, c'è il sole, fermenta la birra nello stomaco, le risate raschiano le gole, la città è vuota, è cambiata, è in festa, non t'importa. Non t'importa delle ossa rotte nelle manifestazioni, dei proclami masticati. Tu contempli prima di agire, analizzi prima di sbagliare, di buttarti nella mischia e fallire. La tua è politica? Questa è politica? Non sarò io a suggerirti di prendere le parti delle folle rabbiose ma ti chiedo di nuovo: la tua è politica? Non siamo forse generati dal compromesso del reale? Quando è morta tua madre ho visto le lacrime scavare ferite, coagularsi come sangue. Ti ho spronato verso la speculazione, la fuga nell'altrove del pensiero. Hai assecondato questa tendenza, l'hai eretta a pilastro della tua vita, l'hai trasformata in un'illusione. Io credo che non vorrai mai contaminarti con l'azione, non agirai mai concretamente. Scruti la materia con la lente d'ingrandimento e perdi il senso del tutto, contempli e non ti adiri e manchi dell'astio, della negazione che è progressione. Ti permetti di giudicare, di derubricare ciò che esula dal tuo mondo, dalle tue meccaniche. Continuerai a studiare e a levitare, esondare in speculazioni, diverrai un cattedratico, sei destinato a questo, a veder fallire gli altri, a non fallire mai, a non avere mai la forza di provare, nella tua immota perfezione.

Poche frasi, l'inizio di un'invettiva, un sermone contraddittorio e ridicolo. Tu sorridevi gelido, cercavi di calmare la mia rabbia, rispondevi con voce ferma. Io ero un megalomane, una persona che non si rendeva conto delle proprie miserie, sibilavi che fraintendevo i miei difetti, li volgevo in qualità ridicole. A ogni giudizio il mio odio cresceva, la voglia di rivalsa mi corrodeva, sollecitava nuovi centri nervosi. Non avemmo modo di continuare il discorso, ti sottraesti entrando nel taxi, imboccando la strada della gloria. Quella sera svuotai l'animo dalle frattaglie retoriche. Non rimaneva che cercare altrove lo sfogo del mio solipsismo.

Finora hai dovuto ascoltare la mia versione senza poter controbattere e ti confesso che a tratti ho provato piacere per questo tuo silenzio coatto.
Ma adesso, mentre ti dico ciò che non sai – come vissi a Bologna senza di te –, vorrei che tu potessi parlare per raccontarmi, da prospettiva opposta, le tappe del tuo successo all'estero.
Non abbiamo mai colmato queste lacune, e la morte ce ne ha negato la possibilità.
Non mi rimane che gettare nel vuoto l'ennesima manciata di frasi: chissà che non germoglino quando morirò io, e ci ritroveremo a conversare dall'altra parte.

È vero che senza di te ero disorientato, che mi mancava il polo della rivalità. Ma è altrettanto vero che mi sentivo più libero, e dopo aver praticato con costanza l'esercizio della scrittura, mi accorgevo di padroneggiarne la tecnica, per questo decisi di adoperarla.

Iniziai a lavorare in una redazione, un piccolo giornale che si appoggiava all'università. Per una volta l'iscrizione a quel dannato ateneo mi serviva a qualcosa, dal momento che trovai l'offerta di lavoro nella bacheca della facoltà.
La maggior parte dei ragazzi faceva antropologia, il caporedattore era un ventottenne fuoricorso maniaco della beat generation. Non mi ci volle molto per capire con chi avevo a che fare: questi ragazzetti barbuti leggevano Queneau e incensavano Calvino, discutevano animatamente delle imminenti elezioni universitarie, frequentavano *aperitivi sociali*, discutevano di Tondelli inghiottendo tartine.
Erano idealisti cresciuti col mito dei padri sessantottini, con la convinzione che Berlinguer fosse una brava persona, rimpiangevano i momenti epici delle manifestazioni in strada, lì dove erano stati fermati al primo metro di corteo, senza poter vedere neanche l'ombra di uno scontro, si indignavano e protestavano per il diritto allo studio mentre saltavano l'ennesimo appello e allungavano di un anno l'affitto della loro camera a quattrocento euro. In meno di un lustro avrebbero smesso di giochicchiare con la cultura, si sarebbero trovati un lavoro mediocre serbando il bel ricordo dell'esperienza giovanile. Da quel pulpito avrebbero riem-

pito le nuove generazioni di invettive: ai loro tempi i valori contavano qualcosa, si andava a votare il meno peggio.

Il giornale – o *atlante collettivo*, come solevano chiamarlo – si uniformava all'estetica della patacca letteraria: impegno inutilmente assillante, toni blandamente ironici, recensioni iperboliche di libri insignificanti, articoli di approfondimento con il linguaggio soporifero della tesi universitaria.

In redazione si annegava fra libri-inchiesta e romanzi sperimentali, decaloghi del perfetto hacker e studi sulla cultura lucana, romanzi storici sull'autonomia e raccolte poetiche di cantautori bolliti.

Tutto questo mi infastidiva così tanto che avevo iniziato – per spirito di contraddizione – a sostenere posizioni reazionarie, a proporre opere dal ridicolo accento simil-celiniano. Loro approvavano con un cenno del capo, un sorriso, lodavano la mia prosa e soprassedevano sulle uscite più estreme, non mi davano neanche la soddisfazione di percepirmi come rivoltoso.

La verità è che, privato dell'antagonismo con una mente acuta come la tua, mi annoiavo, non fraternizzavo e davo la colpa all'ambiente, mentre nel profondo covavo il sospetto di aver sbagliato qualcosa. Col passare dei mesi

mi stancai di fare opposizione, iniziai a scrivere elzeviri su questioni di poco conto, recensioni di romanzi che leggevo svogliatamente.
La vocazione mondana di quei ragazzi li portava a organizzare feste a cui erano invitati scrittori seminoti, gli stessi che premevano per un po' di pubblicità sul giornale. Le prime volte partecipavo con un misto di eccitazione e curiosità, assaporavo il momento in cui, dopo qualche drink preparatorio, sfoderando il miglior tono confidenziale, avrei confessato al mio interlocutore (due libri all'attivo) di avere un romanzo quasi pronto. Tuttavia gli autori si dimostravano boriosi, si godevano il momento in cui potevano esercitare una superiorità intellettuale, parlare con loro da pari era impossibile, bisognava dimostrarsi servili, l'argomento manoscritti non era minimamente contemplato.
La partecipazione a quegli eventi fu una delle tante attività a cui mi uniformai con apatia, accontentandomi di origliare i discorsi di chi era nelle grazie degli ospiti, sorseggiando alcolici scadenti accompagnati da battute frivole. Non avrei mai pensato che, proprio accettando la resa, sarei riuscito ad aprire una breccia nel mondo letterario.

Un editore squinternato mi ringraziava delle recensioni, avevo tessuto gli elogi delle sue pubblicazioni e aumentato le vendite, seppur di poco. Andai a cercare i nomi degli autori, i titoli dei libri citati, non ricordavo neanche di cosa trattassero, sfogliandoli vi ritrovai un periodare per niente curato, chissà come avevo fatto a produrre cinquemila battute di complimenti. In ogni caso mi dimostrai lusingato e a distanza di qualche giorno gli proposi il mio manoscritto, la speranza agiva da motore inconscio.
Passarono poche settimane, l'editore mi rispose titubante: sosteneva che il romanzo era buono ma che andava rivisto in molti punti, non sapeva se investire soldi ed energie in quel progetto. Non mi persi d'animo, avevo intravisto uno spiraglio e non mi sarei mai perdonato il fallimento. Fino ad allora non avevo mai creduto di riuscire a cogliere una possibilità con-

creta, così gli risposi misurando ogni singola parola: nel giro di qualche settimana gli avrei proposto una nuova versione del testo.

Se c'è una cosa che ho appurato frequentando l'ambiente delle case editrici è che per impressionare bisogna sfruttare i cliché su cui poggia l'industria culturale. A quel tempo l'avevo già intuito e dunque, con la protervia giovanile di quegli anni, costruii un nuovo finale, avevo intenzione di ricondurre il simbolismo letterario a un piano di senso ben codificato. Quale miglior archetipo della morte del padre?

Il mio protagonista dopo tanti oracoli scorge la materia fecale trasfigurata in un dipinto dell'Arcimboldo, i cilindri organici formano il volto del vecchio genitore in fin di vita, è senza occhi e ha la bocca spalancata in un urlo. La visione lo getta nel panico, si affanna in disperate elucubrazioni, si arrovella sui ricordi d'infanzia, infine – dopo un climax di svariate pagine – si convince di star mentendo a se stesso: lui non prova nulla, la malattia del genitore gli è indifferente.

L'ultimo capitolo contiene la descrizione esatta di ciò che capitò a mio padre. Il romanzo si conclude con le lacrime del figlio sulla sua tomba, ma sono lacrime di gioia o di dolore? L'interpretazione viene lasciata al lettore.

Lavorai sodo, dormii pochissimo, tormentato dal dubbio di aver osato troppo, di aver inserito quella scena in modo frettoloso. In fin dei conti sapevo di non avere rimpianti, stavo facendo del mio meglio, rischiavo il tutto per tutto. Fissai un appuntamento con l'editore, volevo sfidarlo con la boria e la sicurezza del giovane rampante.

(Ho capito molto presto che la scrittura è menzogna, poi l'ho dimenticato. Alle elementari per ogni festività ci facevano costruire dei pupazzetti di legno e cartapesta. Passavamo i pomeriggi di dicembre a ritagliare le figurine del presepio; la brezza primaverile ci solleticava le scapole mentre coloravamo le uova pasquali; per la festa della mamma modellavamo cuori di plastilina, li riempivamo di fiori; attorno alla figura del papà si raccoglieva la famiglia sorridente: il disegno che gli donavamo il 19 marzo era accompagnato da un messaggio sul retro del foglio.
Avevo dieci anni, scrivevo il mio pensierino annuale, non conoscevo le figure retoriche. Ogni volta le maestre si complimentavano, leggevano quelle righe alla classe, ero piuttosto bravo, anche in quell'occasione ricevetti le consuete lodi. Quando tornai a casa salutai mio padre, gli diedi il regalo, lo vidi sorpreso, non avrebbe dovuto esserlo, conosceva e aveva già vissuto

quel rito. Guardava il disegno con occhi spauriti, girava il foglio e leggeva le righe scritte dietro. Io ero soddisfatto, avevo compiuto il mio dovere, scrutavo il genitore che leggeva e lentamente veniva scosso dalla commozione. Piccole gemme si intravedevano nel taglio degli occhi, si ingrossavano fino a scendere in forma di lacrime, scorrevano e si congiungevano alle labbra, la bocca era semiaperta, sillabava le frasi. Non ricordo molto di quel componimento, nella memoria si staglia un'unica frase, la posso visualizzare come una fitta selva di linee, recitava: Senza te la mia vita sarebbe un disegno insensato.

Lui ripeteva le mie parole lapidarie, decifrava il foglio, piangeva, si avvicinava per stringermi in un abbraccio. *Disegno insensato* era un'espressione forte, l'aveva colpito, sul volto le lacrime si disponevano *come un disegno insensato*, le osservavo e le paragonavo alle cascate del mio cartone preferito. Mi avvinghiai alla sua gamba destra, lui voleva così, in quella posizione mi accarezzava il capo. Solo anni dopo avrei capito che quell'atteggiamento dolciastro, quel suo debole vegetare erano dettati dallo stato depressivo. Avevo sollecitato la sua emotività in un brutto periodo, lo abbracciavo come anni dopo lo avrei respinto.

Mentre nascondevo il volto nel tessuto dei pantaloni non provavo amore, non provavo l'attaccamento che dovrebbe essere naturale. Al contrario, ero perplesso, pensavo a ciò che aveva mosso la mia mano mentre formulavo delle frasi per lui così cariche di senso. I miei sentimenti oscillavano fra il desiderio di fare bella figura e il piacere della sfida, del trovarsi di fronte a un foglio bianco da riempire.
Perché piangeva? Avevo scritto parole artificiali, eppure lui le sentiva sue, travisava e credeva che fossero espressione del mio animo: la differenza di prospettiva era enorme. In quell'istante avevo già intuito la menzogna della scrittura, il cinismo della frase che affabula per muovere altre menti, aggregare passioni, spacciarsi per un magnete o una bussola da adoperare. E quei momenti sono diventati cenere, ho dovuto imparare tutto da capo, ho dovuto subire le perdite, incontrare la morte prima di ricordare.)

Il critico conversa, cita Pirandello, mi lancia occhiate da confidente, le lenti danzano nel riflesso della luce al neon. Mi esibisco in un sorriso, stringo il microfono, sono pronto a prendere la parola, ad accogliere le richieste della sala. È la ventesima presentazione, un successo per un libro indipendente. Le prime volte mi ero dimostrato ingenuo, parlavo a me stesso, mi beavo dei deboli applausi, li trasfiguravo in ovazioni. I presenti faticavano a nascondere la noia. Col tempo il pubblico si abitua a qualsiasi sciocchezza se trova un idiota in grado di mostrare il giusto grado di convinzione.

Erano state sufficienti sette, dieci presentazioni, imbastendo discorsi fumosi, profetando le sorti della letteratura, per rinascere dalla materia fecale proprio come il mio protagonista.

Avverto il critico gongolare, anche lui sa di aver svolto bene il suo lavoro. Fu un'idea dell'editore contattare quell'eroe locale delle lettere: un ricercatore malpagato che si affannava, pur di partecipare alla modesta vita culturale bolognese, a sprecare fiumi d'inchiostro per celebrare o stroncare questo o quel libro, a delineare il profilo di scrittori noti, o a lamentarsi per l'oblio in cui erano caduti maestri a suo dire imprescindibili. Si poteva definire una scimmia berciante degli studi umanistici, e grazie al fracasso perenne era riuscito a costruirsi una discreta fama, sicuramente superiore ai magri introiti che faceva lavorando da assistente ai baroni mummificati in facoltà.

Ebbro della frenesia che precede una pubblicazione, quando vidi quell'uomo per la prima volta dimenticai di provare disgusto. In fondo, amico, non era poi così diverso da te: un manovale del pensiero in cerca del suo trampolino per la gloria.

L'editore ci aveva fatto conoscere, delineando il piano del mio successo: il critico avrebbe funzionato da cavallo di Troia nel mondo della carta stampata, io mi sarei dovuto uniformare al ruolo di giovane promessa da lui scoperta. A sentire i termini del contratto annuii energicamente – sì, la vanagloria occludeva qualsiasi moralismo –, il critico, stretto in una giacca punteggiata di forfora, la camicia con il colletto spiegazzato, pur guardandomi con alterigia, fece altrettanto: aveva bisogno di evadere dalla tomba universitaria, rilanciare la sua carriera in declino, darci un taglio con le recensioni da strapazzo.

In me c'era qualcosa, una materia ruvida e malleabile, un getto d'acido che poteva scatenare la giusta reazione. Ci stringemmo la mano: io sarei stato la personalità d'impatto, lui il mio pigmalione. Ricordo ancora ciò che mi disse la prima volta: Lo sai, sei uno scrittore decadente. Belle parole sputate con ironia. Mi sono uniformato, gli altri ci hanno creduto.

Così, dopo le avanguardie storiche, il primo esistenzialismo, lo psicologismo, il neorealismo, il Nouveau Roman con école du regard annessa, le neoavanguardie, la narrazione operaia, il postmoderno, il cronachismo giovanile, la moda del pulp, del giallo, dei generi più disparati, la critica al sistema mediatico, il ritorno al realismo, il ritorno all'impegno, il romanzo neostorico e il saggismo narrativo, adesso, di sana pianta, i critici riscoprivano il decadentismo, la riproposizione di temi novecenteschi mischiati all'ingenuità di un iracondo romanziere quasi trentenne, il plagio irriverente di un racconto di Foster Wallace, il riferimento à la page da tirare fuori nel momento propizio.

Il mio battesimo avveniva per logiche tutt'altro

che meritocratiche. D'altronde io avevo scritto un libro per puro capriccio, traevo giovamento da guerre insignificanti, non avevo niente di cui lamentarmi. Anzi, ero inebriato dall'illusione di aver prodotto qualcosa di fisico, tirato una stoccata potente al mio rivale – a te, amico – di cui, dopo la lite, non avevo più avuto notizie. Immaginavo che stavi lavorando al soldo di qualche grosso nome della filosofia mitteleuropea, che stavi ricercando chissà cosa fra le scartoffie di Marx, sempre in viaggio fra Treviri e Londra, che la tua fama in ambito accademico cresceva e che presto il tuo talento si sarebbe rivelato al grande pubblico. Ma per il momento l'unico nome a essere stampato sulla copertina di un libro era il mio: sulla scacchiera del nostro confronto avevo risposto muovendo uno dei miei pezzi pesanti.

La pubblicazione mi spinse a un'altra scelta radicale: abbandonai l'università, in fondo non stavo ottenendo niente, ed era ridicolo laurearsi con così tanto ritardo, non avrei sopportato il confronto con l'atmosfera di trionfo che si respirava alla tua cerimonia.
Inoltre il mio editore, soddisfatto delle vendite e impressionato dalla docilità con cui mi ero prestato alle sue astuzie editoriali, mi offrì un

posto nella sua rabberciata azienda. Correggevo le bozze per due soldi, ma potevo aiutarmi con la galassia di proposte ulteriori che si apre per lo scrittore in rampa di lancio. La cronaca della burocrazia umanistica spetta al biografo, egli saprà ricostruire ogni testo su cui ho lavorato, ogni sinossi redatta, ogni articolo scritto. Eppure, amico, anche tu conosci la trafila dell'intellettuale italico: visitare molte redazioni, lottare con la boria del professionismo, trattare con individui feroci, i cittadini della provincia culturale. Sono sicuro che, qualche anno dopo, una volta tornato in Italia – e ancora di più perché eri stato all'estero –, anche tu avrai provato quella sensazione di asfissia provocata dal dilettantismo culturale. Quando scrivi un articolo esprimi un'opinione che schiaccerà i calli di qualcuno, le reazioni si susseguono, gli scribacchini replicano, sei costretto a difenderti dalla polemica.

Capita che arrivino dei riconoscimenti. Devi ritirare un premio, i tuoi lettori si complimentano, percorri chilometri per arrivare al mare, ti insinui in un anonimo centro abitato. Entri in un museo, i passi rimbombano nella sala restaurata, il sindaco ti accoglie, il tuo nome è scandito dalla voce cristallina di una presentatrice stupida. Partono gli applausi, ricevi l'attestato mentre stringi mani e ribadisci le ovvietà che ti hanno portato al riconoscimento. Dopo qualche giorno vedrai il tuo volto sfocato, incorniciato dalle didascalie delle sempre meno curate pagine di spettacolo. Il tuo conto si arricchisce di poche centinaia di euro.

Questa la magra esistenza dello scrittore, eppure quasi mi beavo di tale condizione. Era passato il tempo delle incertezze, non avevo più bisogno di altre maschere se non quella dell'unico personaggio in scena: me stesso. Non mi infastidivano le suture, le diverse falsità abortite, il desiderio diventava stato di cose reale e io rinascevo, beffandomi dell'autoanalisi e delle contraddizioni. Fino ad allora avevo vissuto in attesa del vero debutto.

La compassione anima il tuo volto, se avessi lacrime forse avresti già pianto. Hai intuito dove precipita questo discorso? Stai riannodando i fili del passato? Mi sembra di scorgere un bagliore, è la morbosa curiosità di sapere come ho reagito quando il dolore è tornato a bussare alla mia porta, spezzando una tregua ottenuta con grande fatica. Ti chiedo adesso se ti sei pentito di non essermi stato accanto, di avermi abbandonato nel dolore di una nuova perdita. *Erano passati cinque anni dalla morte di mio padre, mi trovai a dover replicare il rito del lutto.*

Sento il richiamo di chi mi ha generato: attraverso le regioni costiere, percorro le polverose strade dell'infanzia, apro l'enorme portone e mi addentro nel cortile, lì giace ciò che resta dell'auto paterna. Percepisco mia madre affondata nella poltrona, lo sguardo fisso sulla porta, salgo gli scalini che svelano la sua presenza, incespico a

causa del borsone a tracolla. Lei si solleva e mi viene incontro, mi concede un bacio sulla guancia, con un gesto mi aiuta a poggiare il bagaglio – la gentilezza è una forma di dominio.
Dopo ogni ritorno la placenta del nostro rapporto è scossa dalle contrazioni, spronati dal lutto impariamo a censurare ogni forma di orrore passato, ci troviamo a stringere un patto di sopravvivenza, la convivenza pacifica è un idillio ipocrita.
Non possiamo ravvivare i vecchi dissidi, siamo superstiti, accusiamo la stessa mancanza. In me c'è il bisogno di un'origine, di sentirmi ancora frutto, progenie, la disperata ricerca di un simulacro familiare per non cadere nell'oceano della responsabilità adulta. In lei il fantasma della morte si è palesato con prepotenza, la voce è ingentilita, impaurita dalla perdita. Mi intenerisce la vedova che diventa anziana. La nostra relazione nasconde una primitiva forma d'amore: come se il cordone ombelicale reciso alla mia nascita fosse un arto fantasma che periodicamente torna a pulsare.
Nel nuovo abbozzo di tranquillità mi chiedo che effetti abbia il mio romanzo, l'occhio materno ha la facoltà di leggere fra le righe, scoprire le accuse sotto lo strato di finzione. Quando lei ne riceve una copia, per un attimo temo

che il gesto liberatorio possa suonare come una miserabile vendetta. Ma basta giustificarsi cantando le lodi del romanzesco, confidare nella mistificazione che nasconde la grammatica del dolore reale. Lei fa finta di crederci, di non vedere il disprezzo che si espande sulla pagina. Forse intuisce la profondità dell'abisso e preferisce allontanarsene. Anzi, si spende in complimenti, incensa l'arte del figlio. In lei c'è orgoglio genuino, le aspirazioni borghesi si affermano – proverebbe la medesima soddisfazione se diventassi medico o avvocato.

Non sarebbe difficile abituarsi alle cene insieme, alla tregua che sospende ogni azione; di contro non posso abbandonare Bologna, la mia carriera editoriale si sta consolidando. Però, ogni volta che la sento, il saluto di mia madre arriva più debole, in forma di sospiro, le frasi suonano come schioppettate. Fino a quando è costretta a darmi l'annuncio che non lascia scampo: ha fatto delle visite, un'operazione ma il grumo esplosivo del male continua a espandersi. La immagino senza maglietta, mostra il capezzolo ingrigito, il tumore al seno è un fiore reale.
Grappoli cancerosi si ingrossavano all'interno della mammella avvizzita, prismi di venuzze si

allargavano sulla pelle e si alternavano alle cicatrici frastagliate. La madre aveva affrontato l'intervento senza destare il sospetto dei parenti, aveva combattuto e infine aveva ceduto, adesso aveva bisogno che il figlio la assistesse nella farsa della chemio, articolava lo scenario che puzzava di medicine, si corrodeva nel bombardamento tossico.
Le accarezzavo le spalle, non avevo forze per costruire difese di parole. Lei invece parlava chiaro, prospettava la fine, sarebbe stata un angelo, il ventaglio di tubi come ali, la testiera del letto a risplendere: un'aureola cromata.

Nel mezzo, il tuo silenzio, una saetta di ghiaccio piantata nel mio costato. Non la vicinanza delle comuni sofferenze, non la rivalità che genera il rancio dell'ira, una sbobba amara, ma pur sempre nutrimento. Solo il deserto, l'indifferenza, lo spaesamento che provavo ad attraversare il lutto, senza di te, amico mio.

Nuovamente in ospedale, il tempo è compresso. Non so come abbia fatto a trovarmi qui, a guardare mia madre che si agita nell'ultimo sonno.

A che pro rievocare le parole dei medici? Lei si era lasciata operare, aprire e toccare da persone esperte, con strumenti precisi avevano asportato il tumore. Mentre cercava di riprendersi sentiva il dolore, la debolezza, venivano meno le ragioni della lotta. Sulla cartella clinica si moltiplicavano i codici, i nomi dei farmaci centrifugati nella flebo, qualcosa andava storto, i medici esitavano. Dissero che le cellule infette continuavano a moltiplicarsi, si aggregavano in noduli, occorreva un'altra operazione.

Mia madre aveva intuito, la retorica era volutamente grossolana, cercavano di farle capire che le speranze erano poche. Che senso aveva lasciarsi frugare dentro ancora una, due volte? L'ira l'aveva abbandonata e con essa la voglia di vivere, optava per la chemio, chiamava il figlio per organizzare l'estremo saluto.

Si avvicinava il momento del trapasso, il corpo di mia madre era bianco. Ancora una volta non trovavo il coraggio di pentirmi del male inflitto, dar modo a germogli di lacrime di sbocciare nell'incavo dell'occhio. Nell'ora della morte avrei dovuto comportarmi da figlio, sussurrare e smantellare gli anni di litigi. Ma era difficile per me chiamare a raccolta i gesti di un dolore normale, redimere con un'illusione la vita che si spegne.

Lei impiegò le ultime forze per aprire gli occhi: sulla faccia le soffiai il suo nome, il suo appellativo, mamma.

Mamma, io… e lei guardava, le iridi verdi che si spegnevano, lei moriva.
La vita che sfuma via, massimo rilascio di tessuti, il cicaleccio delle macchine a confermare la fine della sofferenza. Non so dire se lei abbia intravisto il mio sorriso.

Incamero l'ennesimo dato: al funerale non ci sei, il tuo profilo salvifico non spunta all'improvviso dalla selva di teste nella chiesa, nascosto tra le ultime panche. No, getto lontano lo sguardo e mi schianto sulla tua assenza. Ingoio anche questo, l'orgoglio mi impedisce di chiamarti, di sapere se almeno hai avuto la notizia.

Da quel momento rimasi davvero solo, l'età del figlio era terminata. Avrei dovuto coniugare la famiglia al passato, lucidare le teche della memoria oppure lasciare che si ricoprissero di ruggine.
Padre e madre: bozzetti lontani, tormenti confinati nel perimetro di ricordi muti, attorno a me il vuoto, la rarefazione dell'orfano. Quanti discorsi vani, quante pacche sulle spalle... niente riesce a prepararti alla solitudine estrema, sei come una palla che sbatte contro un muro, torna indietro, sbatte di nuovo. Su chi riversare il proprio odio?
Disorientato dall'avere biologicamente, giuridicamente, ideologicamente il destino nelle mie mani, esercitavo l'inerzia programmata, subivo le meccaniche del rito sociale.
Affrontai le pratiche dell'attenzione comunitaria con la testa ovattata, i sensi che rispondevano debolmente agli stimoli del mondo esterno,

asserivo a ogni buon discorso, mormoravo un grazie di fronte a un paio di occhi lucidi.
Iniziai a rendermi conto del dolore solo quando dovetti occuparmi delle faccende materiali, da ogni parte si rincorrevano le chiamate, occorrevano delle firme, entravo in possesso di alcuni beni, dovevo saldare il conto di un creditore.
Mi sottomettevo docilmente, abbassavo gli occhi e facevo finta di leggere le carte, muovevo il capo, davo ragione al notaio o all'avvocato, la burocrazia mi scivolava fra le mani, non avevo la forza di capire cosa stessi firmando.
Mi ritrovai con proprietà esigue ma soddisfacenti: qualche ettaro di terra appartenuto ai nonni, la casa dei miei genitori, un discreto lascito a mio nome, una piccola villetta al mare che non visitavo dai tempi dell'infanzia. Di colpo avvertivo la claustrofobia dei luoghi per cui avevo vergato tante firme, seduto per ore in uffici puzzolenti al cospetto di uomini dai baffi folti e i capelli radi. Mi sentivo triste e fradicio, non del sudore dei brutti sogni (più di una volta ho scorto nel buio il volto del padre e della madre e ne ero tormentato), ma dei pensieri ricorsivi che avevano dominato le mie azioni e ora, nell'avvento della mia vittoria, si agitavano come code di lucertola strappate da un corpo sempre più lontano.

Per risanare le ferite avrei avuto bisogno di tempo, era necessaria una scelta controproducente. Un buon modo era tagliare la strada alla speranza, scegliere di mettersi in trappola nel cuore della memoria e della sofferenza, in poche parole abbandonare Bologna e tornare a casa.

Ciò può apparirti sorprendente: lasciavo un lavoro sicuro, abbandonavo il contesto cittadino in cui la mia megalomania aveva trovato una via per essere soddisfatta. Quali lotte, quali illusioni mi avrebbero tenuto in vita da quel momento in poi? I miei colleghi mi percepivano come un arrivista senza scrupoli, nessuno avrebbe mai pensato che sarei stato così avventato da voltare le spalle alla società che tanto detestavo (e che per questo mi nutriva spiritualmente).
Scuotevo il capo: sebbene tu non ci fossi, ancora una volta influenzavi le mie azioni. Ormai lo hai capito – d'altronde se ti ho evocato è per qualcosa di più profondo del semplice sberleffo –, per orientarmi nel dolore ripensavo alle tue parole – sono sempre state un utile salvagente per ritrovare me stesso nel segno della contraddizione.
Nei tuoi discorsi – i ragionamenti razionali che fungevano da diaframma tra te e il mondo, le

parole illuminanti che cercavi di vendermi, di stagliare cristalline sopra il nostro rapporto e le nostre azioni – si mischiavano ragione e torto, il vero e il falso che tu hai sempre percepito distinti, divisi da dogmi inconfutabili, e che invece sono mischiati come ogni cosa umana.

È vero che riparavo a casa, illudendomi di sottrarmi definitivamente a qualsiasi competizione, una sfida che ormai, in tua assenza, avevo lanciato al mondo intero. Ma è altrettanto vero che dentro di me si celava il desiderio di rituffarmi nelle nevrosi del passato, trarne nuovo odio da convertire in linfa vitale, il segno distintivo della mia arte. Dovevo rispondere al richiamo, assecondare un frivolo romanticismo. Ben presto mi fu chiaro che quella ritirata era una scusa per tornare, nell'oscurità, a maneggiare l'ascia della letteratura.

Passarono trenta mesi e si accumularono le riflessioni, le annotazioni che diventarono parola scritta. Decisi di sviscerare gli anni della formazione, la permanenza bolognese abbandonata, il nuovo senso di solitudine che, dopo avermi esaltato, adesso palesava ogni mia nevrosi. Progettavo il plastico della città universitaria, lo adornavo con molteplici proiezioni del mio io. Fui tanto immodesto da ridurmi a personaggio omonimo, un giovane esaltato, il solito pagliaccio detestabile. Intagliai psicologie estrose e contraddittorie, amabili perché odiose, invidiabili perché misere, cloni di singole sfumature, singoli pensieri che, anche per una sola giornata, si erano impadroniti del mio animo. Soliloqui travestiti da dialoghi, descrizioni minuziose che rivelavano il perenne rimirarsi allo specchio, invettive come atti di masochismo, su ogni capoverso si stampava il mio sguardo: non cercavo di immedesimarmi in chi avrebbe letto, mi impegnavo ossessivamente nel guardare me stesso.

Spesso ti ho immaginato come il mio primo lettore, di fatto è stato così per i racconti iniziali e il romanzo d'esordio. Stavolta sapevo che non ci saresti stato, che altri avrebbero letto prima di te – editor, giornalisti, critici – o, peggio ancora, sospettavo che tu non avresti mai più letto niente di mio. Se non potevo impressionarti, rinnovare la nostra irrequieta sfida, tanto valeva punire qualsiasi lettore, chiunque non fosse te. Non ci doveva essere alterità, non ci sarebbe stato nessun altro elemento del romanzo che avrebbe potuto ricondurre a qualcuno fuori da me stesso.

E così decisi per la boutade finale: non solo diedi il mio nome al personaggio principale e lo descrissi con le mie fattezze, ma anche tutti gli altri – i compagni di università del protagonista, le amanti, i professori, i barboni, i personaggi secondari, le apparizioni fugaci, i passanti per le strade della Bologna fittizia che andavo ad allestire – portavano quel nome; a ognuno, che fosse uomo o donna, giovane o anziano, donai le mie sembianze. Un esercito di me a pullulare per le strade, a invadere le aule universitarie, a infestare le pagine per confondere il lettore: una moltiplicazione oscena e onanista, a conti fatti inutile, la massima espressione dell'ego.

Non potevo più riflettermi in te, eri uno specchio incrinato e lontano nella memoria ancor prima che nello spazio. Nessun altro fungeva da banco di prova per le idee, tribunale giudicante delle mie azioni, confine da superare, sprone, anche nella collera, a migliorare. Dovevo fabbricarmi un nuovo avversario, con quel delirante esercizio di stile cercavo di ritrovarlo in me stesso, spezzettare l'ego fino a riconoscere l'ennesimo antagonista. Un rivale necessario ma innocuo, di cui avevo chiare tutte le criticità, e che avrei facilmente saputo sconfiggere. Forse avevo individuato un modo semplice di venire a patti con l'ambizione: competere con me stesso per risultare sia lo sconfitto che il vincitore, sia il carnefice che l'innocente.
La banda dei poveri cristi sarebbe andato in stampa senza bisogno di troppe correzioni.

Dopo due anni e mezzo ricomparivo sulla scena, nonostante avessi perso i contatti con il mio vecchio editore non faticai a riallacciare i rapporti e a farmi accettare quel nuovo romanzo: avevo fatto da apripista alla sua ascesa, non avrebbe perso l'occasione per rinverdire le finanze e la fama. Mise in moto la macchina del passaparola, imbastì il lancio pubblicitario e organizzò gli impegni promozionali.

Tornai a Bologna, il mio volto stanco campeggiava nella vetrina della libreria di piazza Ravegnana. Il critico si spendeva in sorrisi, l'editore faceva i conti, io mi protendevo sul microfono alle presentazioni fitte di gente. L'arroganza del mio periodare, le frasi sentenziose, le scelte semantiche al limite della correttezza, trasmettevano un senso di ribellione e ferocia, che divenne subito caro a molti di quegli stessi studentelli che avevo odiato anni prima. Mi chiedevano se fosse vero questo o quell'episodio, rispondevo sornione, mi contraddicevo e nessuno ci faceva caso, volevano credermi, assurgermi al ruolo di antieroe: io non ammazzavo nessuno, non mi innamoravo o compivo imprese eroiche, supplivo a tutto questo sputando bile, ero la loro lingua, il loro fegato, testimoniavo il loro futuro fra le macerie della modernità.

Dopo due anni e mezzo di solitudine monastica, riprovavo il piacere degli attestati di stima, i fraintendimenti travestiti da lodi, assaporavo il moto ondivago dell'ambiente culturale: gli aperitivi in terrazza per sentirsi intellettuali, le conferenze nei teatri semivuoti, le interviste in televisione annunciate con titoli confusi.

Arrivati a questo punto, potrei passare oltre, non soffermarmi su ciò che accadde quando le nostre vite, anche se fugacemente, tornarono a incrociarsi, ma sento che farei un torto a entrambi.

Finito il periodo in Germania, tornasti in Italia: avevi studiato tanto, era il momento di riscuotere. Appresi del tuo ritorno nel modo più traumatico.

Un giorno, molti anni prima, mentre passeggiavamo insieme per la città, mi dicesti che la Salaborsa rappresenta le dinamiche sociali di Bologna. Te lo ricordi?
Fuori di lì, i poveri, gli extracomunitari, le famiglie con tre figli scroccano la connessione, mangiano gelati e si aggirano nei dintorni osservando le geometrie monumentali che non fanno effetto su chi, come loro, vive in parallelepipedi giganti di cemento, immensi e reali.

Al piano terra c'è il pavimento trasparente, si galleggia sulle rovine della storia cittadina, le rampe di ferro si inabissano fra le pareti antiche. Qui si prendono e si scambiano libri, si beve un caffè, si cammina da turisti, è la piazza di un mercato, un consumo a basso voltaggio, svagato come la passeggiata lungo il corso il sabato pomeriggio. La nostra vita è immersa in questo commercio, cerchiamo di elevarci, di razionalizzare, opponiamo prodotti culturali, strutturiamo il nostro io attraverso diverse omologazioni, diversificazioni che ci ingabbiano in nicchie precostituite, e dunque saliamo al primo piano, quello delle riviste, dei giornali, dello studio. Il piano delle poltroncine, dei pazzi visionari, dei vecchi dalle mille borse, del bagno sempre intasato, il piano della particolarità, di ciò che aspiriamo a essere e che non riusciamo mai a raggiungere.
Sopra di noi c'è il secondo piano, l'astrazione si fa totale, l'occhio umano si aliena, deve sottostare alle regole dell'immaginario.
L'ultimo piano è quello delle industrie, delle fondazioni tentacolari, costruite a scatole cinesi, che finanziano i progetti, le ricostruzioni, il mondo di cui abusiamo come formiche. In cambio vogliono un'adesione alle loro visioni, vogliono il nostro stupore di fronte al plastico dei

grattacieli, ai disegni tridimensionali dei progetti futuri, dobbiamo armonizzarci con i sogni dei potenti, con questo tentativo in salsa emiliana di accumulare capitali, il profumo dei soldi digitalizzati insufflato nei modellini in scala.

Salaborsa è una piramide che rispecchia gli strati del potere, stavo ripensando alle tue parole seduto sugli scalini della biblioteca quando mi comparisti davanti una mattina d'inverno. Materializzato dai miei pensieri, mi salutasti come se il tempo non fosse mai passato. Amico, se adesso mi appari come un fantasma, allora non fu molto diverso: non potevo credere ai miei occhi, non ci vedevamo né parlavamo da anni, ma notai che non eri cambiato molto, almeno nell'aspetto bambinesco, nello sguardo vispo che suggeriva intelligenza e ambizione. Ti fissavo imbambolato, mentre tu, prima che potessi reagire, sfondavi la diga dei silenzi trattenuti da troppo tempo: sapevi che ero diventato uno scrittore – *uno scrittore irrazionale* furono le tue parole sibilline –, ti complimentasti, anche se evitasti di citare i titoli dei miei libri. Allo stesso modo, con tono grave, ti dicevi molto dispiaciuto per non aver partecipato al funerale di mia madre, ma la notizia ti era giunta con mesi di ritardo, d'altronde io non ti avevo chiama-

to, e non era il caso di tornarci su. Sorridendo, aggiungesti che mi trovavi bene, in forma, non sembravo astioso come l'ultima volta, in fondo i nostri diverbi erano stati solo colpi di testa giovanili. A queste constatazioni ben architettate avrei dovuto opporre una gragnola di cupi pensieri. E invece non feci nulla, sospirai una frettolosa e patetica assoluzione per tutti quegli anni di lontananza, un tentativo di eludere lo scontro, e allo stesso tempo sconfessare l'odio che ancora covavo. Non me lo ero immaginato così quel momento, eppure mi arrendevo alle tempistiche e alla forma che tu avevi deciso di dargli. Ci sedemmo in un bar, per inerzia.
La tua vita era cambiata, me ne parlasti appena, con il tuo consueto tono piano che non tradisce emozioni: in Germania avevi portato a termine il dottorato, eri diventato ricercatore, infine avevi vinto una cattedra minore a Bologna e stavi rivedendo le bozze del tuo libro.
Mi congratulai con te, non c'era altro da fare, mi spendevo in sorrisi stiracchiati, in parole d'incoraggiamento che tradivano la mia paura. Potevo vantare due libri e vari articoli, potevo ancora millantare la mia superiorità, tuttavia non riuscivo a celare l'ansia che si faceva strada nella voce malferma. Avevi iniziato a scrivere e io cominciavo a sentire la paura, sollecitato

dalla fame borghese volgevi lo sguardo verso la piccola provincia di cui ero un tronfio cittadino. Le nostre penne avrebbero battagliato sullo stesso campo, le nostre idee si sarebbero scontrate, fagocitate dai dibattiti di quella cultura alla deriva. La filosofia a confronto con la letteratura, la riflessione ponderata che annientava le mie storie sgangherate, quale teoria avrei potuto opporre alle tue considerazioni affilate? Ero destinato a essere smembrato, smascherato nell'impostura delle mie parole. Mi porgesti il saggio, mi pregasti di leggerlo, di formulare un commento. Io farfugliai lodi di circostanza, rispondendo per puro automatismo sociale.

A questo punto devo chiamare in causa il tuo biografo: egli si affanna sul tuo pensiero cercandone la chiave di volta. Il primo lavoro pone le basi per ciò che verrà dopo: l'attacco a ogni forma di psicanalisi, alla pratica psicologica, psichiatrica, alla medicalizzazione sulla base di errate convinzioni neurologiche. La figura del padre, della madre, i temi dell'odio generazionale, della condizione giovanile, la rilettura del Sessantotto da una prospettiva eversiva, il superamento del marxismo classico e la formulazione di una teoria progressiva. Sono le tematiche

sviscerate in *Fenomenologia del soggetto generazionale (nell'era del capitalismo cibernetico)*, lo scritto che avrebbe destato scalpore nei dipartimenti di filosofia di mezza Europa.
Il biografo lo sa, perciò incensa queste trecento pagine, ne mette in luce la riflessione anticonformista (tuttora scorgo la tua soddisfazione, la stessa di quegli anni, anche se da defunto non t'importa più della rivoluzione dei vivi).
Il biografo non può sapere, come te del resto, quale rabbia e terrore mi colsero, non può avvertire l'affanno con cui gettai contro il muro quel capolavoro. Devo chiedergli di limitarsi a ricostruire i nostri rapporti pubblici, giacché io provvedo a quelli privati. È bene che contatti un altro accademico: colui che s'affatica sulla mia opera. Lavoreranno insieme, suderanno sulle nostre convinzioni, e noi saremo sempre più sfuggenti, più lontani dalle loro proiezioni. Che continuino allora a tracciare i vettori del nostro pensiero, a vagliare i fatti, le azioni. Non potranno mai intuire quali sentimenti intercorsero mentre ci guardavamo negli occhi e mischiavamo l'amore e l'amicizia, l'odio spontaneo al gusto della sfida.

Il saggio analizzava le discrasie del soggetto nell'era del capitalismo cibernetico, individuava le idee rabbiose della nostra generazione. Leggendolo mi convincevo che ci fosse un destinatario sotteso, un paradigma d'uomo con le mie caratteristiche. Decifravo rimandi, vedevo le mie ossessioni smontate, analizzate, destrutturate nella betoniera del pensiero contemporaneo. Non tracciavi esempi evidenti, né tantomeno menzionavi episodi conosciuti, occultavi e nascondevi nel periodare, elidevi fra le proposizioni astruse. Ma io sapevo, mi immergevo nella palude di metafore e citazioni, scorgevo i miei lineamenti cristallizzati, eternati nelle grottesche descrizioni. Se io mi ero illuso di vivere l'arte attraverso il vizio, tu al contrario avevi abiurato la via della finzione, ti eri rapportato con la nuda realtà, e poi avevi fabbricato categorie definitive che spacciavi come le sole virtuose.

Non mi restava che fare buon viso a cattivo gioco, sostenere la tua ascesa, la tua fortunata carriera accademica, applaudire il nome che rimbombava nelle sale dei convegni, prendere atto dell'ultimo articolo sul giornale, la menzione nel trimestrale di filosofia.

Tuttavia non c'era solo la paura di sentirsi attaccato, a ciò si accompagnava – e si faceva strada in me – una certa soddisfazione: l'ideale politico che credevi ancora puro – poiché mai travisato o sporcato dall'azione di partito – veniva lentamente nascosto, corroso, imbrigliato nella rete di legami accademici. Al momento giusto avrei potuto metterti con le spalle al muro e porre l'accento sulle contraddizioni del tuo agire.

Mentre, sgomento, tornavo a casa dopo il nostro incontro, processavo le nuove informazioni, la situazione che si era venuta a creare, provavo a interpretare i sentimenti tumultuosi. Nonostante il congedo da buoni amici, il peso degli anni di assenza si palesava nella freddezza strisciante tra le nostre frasi, nelle promesse di rivederci che difficilmente avremmo mantenuto – non posso sapere cosa passasse nella tua mente, ma di sicuro so cosa si celava dietro le mie parole. Il nostro incontro fu per me un segnale: l'avvertimento che entrambi eravamo tornati a competere sullo stesso campo, nella medesima città. E che tu, informandomi del tuo saggio, avevi ribaltato la scacchiera, una nuova partita sarebbe iniziata, con più consapevolezza.

Siamo quasi giunti all'ora prima dell'alba amico mio, quella del congedo definitivo.
È giusto che faccia un preambolo per parlarti di colei che propiziò, senza volerlo, il nostro ultimo incontro da vivi.
Ripercorrere i momenti iniziali e poi quelli drammatici del nostro legame amoroso è per me un tentativo di distaccarmi da ciò è stato il mio passato.
Se tu hai interpretato il ruolo ambivalente del fratello e dell'avversario nelle diverse fasi della nostra esistenza, lei è stata per me amante, giudice e custode. Per questo motivo, mi sentirai ripetere in parte ciò che già sai.

Cosa mi colpì di lei? Era bella, certo, ma non fu questo a sorprendermi: il suo fascino era innegabile, dunque era simile a mille altre. La vera particolarità risiedeva nel suo atteggiamento: gli occhi suggerivano una docilità bovina, il se-

gno di un'attitudine alla sottomissione alquanto naturale.
Tu avresti potuto obiettare che in realtà molti abdicano alle proprie idee per qualche metro di pace, qualche centimetro di libertà, in nome di un banale desiderio di stabilità. Ma nel suo sguardo vibrava allo stesso tempo una nota di orgoglio: aveva la schiena dritta, il collo ben disteso, il mento svettava come un promontorio. Sembrava accettare tutto e non credere in nulla, viveva la delusione come fosse un riparo certo.
Col senno di poi l'approccio può sembrare macchinoso, calcolato, ancora una volta lo scrittore navigato disseziona la sua vita. Solo adesso dispiego la consequenzialità dei processi, riordino causa ed effetto nella forma del racconto, elido ciò che è superfluo.
Al tempo della relazione il sentimento corrodeva le mie geometrie morali, le dinamiche dell'eros viziavano gli esami di coscienza. Vorrei essere stato cerebrale, razionale come mi vanto di essere, ma descrivermi in questo modo sarebbe una menzogna, l'ennesima. Non posso dire altro: quando la incontrai, desiderai subito di stare con lei. Ci amavamo banalmente e tanto ci bastava.
Amico, non ho intenzione di tediarti, di intonare una banale cantilena. Se l'amore si riduca a categoria cognitiva, linguistica, se in esso si na-

sconda la stessa fallacia di qualsiasi astrazione umana, questo non è il momento di stabilirlo. La nostra vita è un abisso, ci tocca scegliere quale strada percorrere, quale alternativa scartare. L'amore è un'illusione contro cui bisogna sbattere, per me è stato il confine da attraversare. Ho bramato l'attrito dei corpi, ho visto i miei arti unirsi ai suoi, esprimersi in questa bizzarra fusione che è il rapporto sessuale.

Mentre ci amavano, mi accorgevo del giogo che limitava il suo comportamento, la forza profusa nell'articolare gesti per cui lei stessa non aveva rispetto – abbassare il capo non era frutto del suo codice genetico. Non mi capacitavo di quella scelta, non capivo perché il suo orgoglio si nutrisse della sconfitta.

I primi tempi pensavo che si trattasse di una posa nemmeno troppo celata per attirare la mia attenzione – ma presto queste supposizioni lasciarono spazio allo stupore, alla meraviglia. Accettava questo mondo opaco con sobrietà diametralmente opposta alla collera che animava ogni mio scritto, ogni libro con cui perpetravo la mia insignificante rivolta.

Se penso a te, penso anche all'invidia che ho distillato nei tuoi confronti; invidia per la tranquillità profusa nello studio, per la cecità di fronte all'idiosincrasia di un pensiero politico *senza effettiva azione politica.* Così, quando riporto alla mente quei giorni saturi della sua presenza, provo un sentimento simile per il suo conformismo consapevole, per la naturalezza con cui si armonizzava alle passioni della società senza rimanerne schiava. Come aveva sviluppato tale stoicismo?

Dal nostro incontro di fronte a Salaborsa ci eravamo visti di rado: tu eri assorbito dalla scalata accademica, io mi affannavo a rimanere a galla grazie allo stanco ritualismo a cui si sottomette di buon grado lo scrittore di media fama.
Da borghese attento alle apparenze, ero solito accompagnarmi con lei a ogni aperitivo, presentazione, festival di letteratura. I colleghi sarebbero stati invidiosi, e io dal palco – nei momenti di massimo tedio – avrei potuto guardare un punto fisso, lei avrebbe meccanicamente sorriso, i presenti si sarebbero accorti della nostra intesa, le signore venute a farsi firmare la propria copia sarebbero arrossite per la gelosia.
I nostri mondi si incontravano di rado: ai filosofi sono destinate le austere aule accademiche, gli scrittori – più mondani – popolano le librerie o i bistrot; può capitare però, generalmente a qualche festival cittadino, che si siedano accanto sullo stesso palco, nella piazza di

qualche grazioso borgo medievale o in pompose sale comunali.
Quando scorgevo il tuo nome tra gli ospiti ero solito accampare scuse, altri impegni, progetti improrogabili da portare a termine: evitavo il confronto per paura che una tua frase, un pensiero, una battuta si trasformassero in motivo di scontro. Non mi sentivo ancora pronto per affrontarti: dal duello sarei uscito inevitabilmente sconfitto. Ma sapevo che non avrei potuto fuggire ancora per molto.
L'occasione si presentò a Cavriago, un paesello emiliano in cui il fondo della cassa comunale veniva speso per organizzare uno dei tanti festival estivi della Penisola che facevano la fortuna dei conferenzieri o dei mezzi intellettuali.
Ero stato invitato alla solita tavola rotonda degli scrittori: ognuno di noi avrebbe spiegato la propria idea di letteratura, non prima di aver presentato la sua opera in maniera agiografica.
Motivo di pellegrinaggio a Cavriago, fra curiosi e nostalgici, è la piazza intitolata a Lenin, al cui centro si erge – fra il solitario e lo stoico – il mezzobusto del rivoluzionario russo, lascito di un tempo, gli anni Settanta, in cui le amministrazioni rosse e, più in generale, gli ideali del socialismo sembravano fornire dei valori in grado di fungere da vero collante della società.

Eravamo arrivati con qualche ora di anticipo, e con lei mi diressi in visita al busto, forse per rinverdire quel periodo in cui anch'io non ero indifferente agli ideali scolpiti nella pietra. Ma qualcun altro sostava accanto alla statura: eri tu. A quanto pare ti avevano invitato all'ultimo minuto per sostituire un accademico che aveva vinto un premio, me lo dicesti rispondendo alla mia sorpresa e presentandoti con un largo sorriso alla donna che ormai mi accompagnava dappertutto. Lei non mostrò la medesima curiosità, aveva presentito la tensione fra di noi e intuito l'atmosfera farsesca di quell'incontro. Ti chiesi cosa ne pensavi di quella statua, della piazza – invero poco frequentata e dall'aria leggermente squallida – che ci aveva attirato con la sua carica simbolica. Scrollasti le spalle, mantenendo l'espressione sardonica. Sapevo cosa significava: consideravi il comunismo classico un esperimento riuscito a metà perché sbagliato nelle premesse teoriche, a differenza delle architetture del tuo pensiero, del lavoro covato per così tanti anni nella verginità dei dipartimenti, le teorizzazioni che – a detta dei commentatori, degli studiosi, dei tuoi seguaci –, se messe in pratica in maniera rigorosa, avrebbero potuto cambiare la storia della dottrina politica.

(Ci si è sempre chiesti chi avrebbe mai potuto farsi carico di un'investitura tanto importante; ai pochi attivisti che hanno cercato di trasformare in realpolitik i tuoi dogmi hai sempre risposto con il medesimo atteggiamento beffardo che riservavi a me in quel momento, perché come io sbagliavo a credere spazzatura il tuo magniloquente lavoro, così loro erravano nel cercare di comprenderlo, e se ti chiedevano aiuto direttamente, tu declinavi qualsiasi invito: non era compito del filosofo dare risposte univoche, dicevi. Eppure tali ipocrisie, neanche troppo mistificate, non intaccavano minimamente la tua fama.)

Che tu fossi sfuggente me lo aspettavo, non sapevo però come ti saresti comportato vedendomi in coppia. Temevo persino che lei potesse essere affascinata dal tuo carisma, d'altronde si era già lasciata abbindolare una volta dalle facezie di un intellettuale.
Le mie paure si dimostrarono infondate: ancora una volta lei mi stupì, oppose una strana freddezza ai tuoi tentativi di fare conversazione, rispose con la plastica educazione di chi non vuole lasciare spazio a confidenze. La vedevo contrarre la mano mentre, fingendo, si dichiarava lieta di aver conosciuto un mio intimo amico, e si diceva dispiaciuta perché, fra un impegno e l'altro, quell'incontro non era avvenuto prima.
Tu, d'altro canto, accorgendoti che lei mostrava freddezza, perdesti ben presto lo slancio e la curiosità iniziali, ti assestasti sul medesimo tono impassibile.

Realizzai solo dopo quanto fosse naturale il suo disinteresse: la sua ambizione era orizzontale, diciamo pure votata al pragmatismo, la tua era verticale, estremamente intellettualizzata. Era prima di tutto dunque una questione di prospettiva.

Allo stesso modo tu, considerando quella donna una mia appendice, non sapesti accordarle la gentilezza e l'istintiva comprensione che ti ho sempre invidiato. Forse fu un vostro errore non riconoscervi l'uno con l'altra, forse avreste potuto formare un fronte comune per arginare le mie idiosincrasie. Sta di fatto che vi attraversaste senza sfiorarvi.

Tirai un sospiro di sollievo: l'incontro tanto temuto – che io sappia, fra di voi fu l'unico – si concluse in fretta. Mi desti una pacca sulla spalla e ti congedasti perché il tuo evento stava per iniziare, ti scusasti perché non saresti rimasto la sera, adducendo impegni di studio improrogabili. Te ne andasti, considerando poco o nulla Cavriago e piazza Lenin.

Amico, stanotte posso liberarti da quei dubbi che non credevi avrebbero avuto risposta, e finalmente potrai conoscere le ragioni del suo comportamento.
Credo che lei avesse visto in te la stessa impostura che percepiva in me. Credo ci giudicasse in maniera uguale, e negativamente, ma nei tuoi confronti il giudizio era diretto, inappellabile, mentre nel mio caso il sentimento mitigava le conseguenze più aspre.
Eppure, sebbene avessi scampato il confronto con te, non avrei potuto sfuggire alla resa dei conti con lei: conoscersi meglio avrebbe significato lasciare che le rispettive armi penetrassero nelle ferite dell'altro, l'abbraccio mortale avrebbe impedito ai tessuti lacerati di farsi cicatrice.
Solo dopo lo scontro arrivai a capire che la nostra relazione era costruita fin dall'inizio per esplodere.

Arrivò quel momento, portò un groppo in gola che non fui capace di sciogliere nemmeno in tua presenza, la notte che venisti in mio soccorso, forse perché riguardava le mie più intime convinzioni. Dobbiamo ricapitolare, riconsiderate, giudicare tutto, una volta per sempre.

Puoi figurarti di nuovo la scena? Puoi immaginarmi stremato e sull'orlo del pianto?
Dinanzi a me si apre il balcone della cucina, faccio qualche passo, la brezza è piacevole, chiudo gli occhi per un secondo, formulo qualche pensiero. La sopravvivenza è una categoria inconscia, per un attimo dimentico la lotta.
Riapro gli occhi: *il volto morente di una donna.*
Nel palazzo di fronte le finestre sono spalancate, posso scorgere l'interno di una stanza, un letto, un comodino ingombro di medicine, una vecchia accasciata, gli occhi semichiusi, la bocca che si muove a scatti, quando dorme è come morta.
Non c'è mai nessuno che la vegli e che le tenga la mano. Muore lì ogni giorno la donna, il vestito color glicine, la coperta sforacchiata, che sembra una cerata. Muore lì ogni giorno il corpo, il tempo agisce come un rostro, poche membra a scuotersi in un trapasso che dura troppo.

L'essere umano è impotente, la bellezza asettica dell'abbandono si manifesta nell'istante più feroce. Ne sono colpito, mastico l'odio per la verità reiterata in ogni atomo dell'universo. Com'è possibile continuare a illudersi? Volgere lo sguardo, camminare per la propria strada... quanta forza ci vuole per abbracciare una morale qualsiasi...
Chiedo notizie a lei, risponde mugugnando, non ci bada, non sa chi sia quella donna, lei si ammanta della pudicizia ipocrita, vuole rimuovere la contraddizione.
Continuo a scrutare la vecchia, la sua incoscienza è languida, ha la postura del defunto, la pelle ha il colore del cuoio. Di cosa sta morendo? Non lo so. Ma sta veramente morendo? Lo do per scontato. Avverto la pressione del pianto.
E dunque? Cado all'indietro, sprofondo nel divano, le lacrime mi inondano il volto. In un istante mi si squarcia il cuore, ricordo il padre e la madre, lamento i dolori dell'esistenza, la banalità dell'essere, non sono speciale, nulla di quello che ho vissuto è speciale, non posso arrogarmi diritti neanche in nome della sofferenza.
Non vi è evoluzione, progressione, redenzione.
Una donna sta morendo a pochi metri da me, e da qualche parte ci sarà un figlio a piangerla, un amante a ricordarla. Oppure la solitudine,

l'oblio, persino una fossa comune. Che abbia vissuto una vita insignificante o un'esistenza particolare non conta. Sono stato al capezzale di persone spacciate. Ho creduto che ci fosse qualche significato rituale, il simbolismo di un passaggio obbligato, il vettore della progressione a donare un senso alla loro fine. Ora vedo su un'estranea la stessa evidenza biologica: la morte. Non c'è senso alcuno in questo mutamento cellulare, come non c'è gnosi nell'esperienza del dolore. Si tratta solo di stimoli a cui reagisce il corpo, di modificazioni dei tessuti, e ancor più di sofferenza dell'anima, che null'altro sono se non impulsi elettrici, saliscendi di sostanze del nostro cervello che è pronto a travisare completamente la sfera delle emozioni. E a cosa serve allora amare o odiare, se, come quella vecchia, tutti noi siamo stati condannati a morire? Magari osservati da un estraneo, mentre si sbriciola l'edificio dei ricordi portandosi dietro l'illusione di aver dato al nostro viaggio una forma coesa. Invece si è trattato solo di un attraversamento di neuroni, uno scontrarsi di atomi, un pretesto della materia per rimescolare la propria energia.

Sarei potuto andare avanti per molto nel mio delirio, forse per ore, come sto facendo stasera. Ma lei non può accettarlo, sbuffa, mi acceca con lo sguardo, la gola si dilata, prende fiato, lei parla.

Ascolta, sono nata in una famiglia comune: mia madre lavora in un negozio per signore, vende tailleur color crema; mio padre praticava canottaggio, ha partecipato alle Olimpiadi, ma si è dovuto ritirare quando è nato mio fratello, per guadagnarsi da vivere ha scelto di fare il poliziotto. Queste cose le sai, te le ho già dette, hai conosciuto mio fratello e ti è parso simpatico, ti ha impressionato con aneddoti da fisico, vi siete scambiati pareri sul mondo accademico. Ti sei seduto accanto a mia madre, poi hai conosciuto mio padre, ti ha parlato con franchezza, l'hai definito *genuino*. Ti ho raccontato persino del divorzio, di quando i miei hanno deciso di separare le loro strade e mio padre è andato via, lasciandoci poco più che adolescenti, io e mio fratello sul divano, a guardare la televisione, pomeriggio dopo pomeriggio, tentando di ignorare i pianti di nostra madre. Nonostante queste vicende che tu hai classificato come *normali contrattempi tragici dello sviluppo di una famiglia borghese,* hai etichettato la mia infanzia come felice. E fin da subito hai messo mano al repertorio delle tue lamentele, hai iniziato a paragonare i nostri trascorsi. Ho dovuto sorbirmi le infinite battaglie con tuo padre, le rivolte contro tua madre. Se obiettavo mi zittivi – come fai sempre –, inanellavi nuove metafore per evidenziare le tue tristezze, i tormenti da intellettuale, e poi dicevi che io non capivo, che non avevo maturato gli stessi dolori, d'altronde cosa potevo capirne io con la mia infanzia nella bambagia di una famiglia che andava *quasi* d'accordo? Poi hai elaborato quella teoria per cui io chinavo il capo e bramavo la sconfitta, continuavi a additarmi come una perdente volontaria, a fare distinguo pesanti fra le tue aspirazioni – tragiche, essenziali – e il mio modo di vivere frivolo, volutamente conformista. Questo tuo ragionare mi ha affascinato, mi ha intrigato come i tuoi libri. Ho introiettato il tuo paradigma, ci ho rimuginato sopra e in effetti posso darti ragione. Sì, dico che hai ragione su di me, e non lo faccio per dimostrarti ancora una volta quanto sappia chinare la testa. No. Tu hai ragione perché la sopravvivenza è il mio vero obiettivo, ma per motivi diversi da ciò che credi. La mia aspirazione non è passare inosservata, la mia aspirazione è resistere. Considera per un attimo la resistenza, i miei occhi dalla *perseveranza geometrica*, i miei *prismi di freddezza*, sono parole tue, frasi che sei solito sussurrare. Considera per un attimo l'infanzia infelice che tanto millanti. Mettiamola in relazione alla resistenza. Mettiamo in discussione questa nozione, mettiamo in discussione anche la mia infanzia…

Sta risucchiando tutta l'aria della stanza, la sua gola gorgoglia, sviluppa fonemi, frasi, produce l'icona che assorbe riflessi, scintille. Mi sta rubando il palcoscenico, mi riduce a pezzetti.

Immaginati la mia cucina, l'hai vista, sai com'è fatta. Immaginati mio padre che di notte si avvicina al frigo. È tornato dal lavoro, un turno di notte, ha puntato la torcia in decine di macchine. Chiede patente e libretto, aguzza lo sguardo su foto pallide, ringrazia, si prende insulti a mezza bocca mentre la macchina riparte e la ghiaia schizza sui suoi stivali. La legge è minaccia, lui ne è l'araldo, è segnato. Adesso è tornato, dopo aver attraversato garage, ingresso, salotto, in silenzio. Quando arriva in cucina si ferma, dal fondo della credenza tira fuori qualcosa. Immaginati una figlia ancora bambina: nel mezzo della notte si sveglia, vede la luce accesa in soggiorno, si avvicina al divano, scopre un uomo disteso. È riverso, la bocca spalancata, la saliva a bagnare i cuscini, l'uniforme sgualcita, la patta dei pantaloni aperta. L'uomo si agita nel sonno, ai suoi piedi si allarga una pozza di brandy, la bottiglia è vuota. La bambina non capisce, chiama il padre, forse sta male. Lui si sveglia: gli occhi arrossati, illanguiditi dal pianto, biascica qualcosa. Prima abbraccia la figlia, poi la allontana perché sente i suoi lamenti, lei si chiede da dove provenga la puzza. Parte uno schiaffo, poi un altro, il padre la sovrasta e lei si rannicchia, il padre si ferma, lo sguardo da folle, la mano ancora alzata. La bambina non corre dalla mamma, non ricomincia a piangere, scappa, scappa in camera e si nasconde sotto le coperte, non racconterà nulla a nessuno, neanche al fratello maggiore. E cosa fa il padre? È una bestia immonda? Non si vergogna di ciò che ha fatto alla figlia? Non si rende conto che è frustrato, alcolizzato? No, il padre ha una morale, distorta, brutale, imperfetta, ma possiede ancora un barlume di ragionevolezza. Lui affonda nel risentimento, scalcia, è un cavallo imbizzarrito, rabbioso come chi è in stato di arresto. La mattina dopo il padre non c'è, è uscito per l'ennesimo turno, almeno così dice (e se fosse al bar? Se la sua gola stesse bruciando?), la famiglia fa colazione, sguardo basso attorno al tavolo, la notte è stata insonne, disturbata dal fracasso. La madre raccoglie i resti della sedia distrutta, ci scherza sopra, afferma che il papà è stanco, chiede alla figlia cosa siano quei lividi, la risposta che riceve riguarda una caduta dal letto, una caduta in bagno, qualcosa di confuso, lei fa finta di crederci, tronca il discorso, abbraccia la bambina, guarda il ragazzo che serra il pugno e sorseggia il caffè in silenzio. Come può andare avanti? Come può sopportare di perdere pezzi, di vedere la sua famiglia disgregarsi? A nulla serve affrontare il padre, sentirlo biascicare scuse, guardarlo mentre si scioglie nel pianto. A nulla serve il velluto delle buone parole, dei *fatti aiutare* o, al contrario, le liti furibonde. La madre che alza la voce, la lingua che ferisce, no, non serve, perché lui risponderà a tono, non si farà problemi a inveire, andrà via sbattendo la porta, tornerà a nascondersi nei bar in cui lo conoscono bene. Lo sa, lo sa lei che il padre non ne può più di quella vita, non gliene frega niente di fare lo sbirro, vorrebbe tornare allo sport, al fiume, vorrebbe mulinare le braccia al sole, avvertire quell'illusione di libertà sulla lancia che fende i flutti e sembra volare. Non l'hanno preso neanche come allenatore, ha partecipato alle Olimpiadi e non è bastato per ottenere un posto in Federazione. Il padre fa il poliziotto e beve, spende pomeriggi interi al poligono – come se fosse quello lo sport prediletto – e poi butta giù uno, due, tre amari, e la pancia si gonfia, perde la forma, ormai non ha più la forza necessaria per tornare al mondo della competizione. Ma quest'uomo si confida? Ammette i propri limiti e cerca aiuto? No, lui intesse soliloqui con la bottiglia: in famiglia borbotta, e gli altri non ci fanno caso, persino la figlia, con la sua innocenza da bambina, ha smesso di cercare i suoi abbracci, dopo quella notte lo guarda furiosa. Non sono degli eroi in famiglia, non sono omertosi ma allo stesso tempo non hanno la tempra: nessuno fa nulla, né gli zii, né i cugini, e neppure i colleghi, d'altronde lui sfoga la frustrazione fuori dall'orario di servizio, se qualche volta eccede sul lavoro nessuno si lamenta, altri fanno di peggio, la ferocia fa comodo. Quante altre volte sua moglie chiederà un cambiamento? Quante volte lui sopporterà le discussioni? E

lei quanto riuscirà ancora a reggere prima che arrivi la rottura? Gli interrogativi si succedono nella mente stravolta dall'alcol, il padre giura di cambiare, di smettere con quella merda, di farlo per l'amore di sua moglie e per i suoi figli, e poi, immancabilmente, butta giù un altro bicchiere. Succederà l'irreparabile, deve succedere, tutti lo sanno e nessuno fa niente.
Gli anni passano e la famiglia diventa fragile, trema sotto ogni urto cercando di non darlo a vedere, affonda. La madre ha imparato a non discutere, a tamponare le falle del loro mondo con la buona volontà e la battuta che alleggerisce, dorme da sola e non ne soffre più, la figura del marito si sfalda lentamente. La figlia si è asciugata le lacrime, la sofferenza scorre nel corpo ma non inonda più le guance, la bimbetta è un automa, fa il suo dovere, prende buoni voti, galleggia nell'anonimato di un'infanzia che vorrebbe trasformare in un periodo normale (riesci a intuire? Riesci a capire perché è andata a finire così? Vedi davanti a te il risultato, inizi a scoprirne le motivazioni). Il fratello non è da meno, ingloba dati, saperi, consegue vittorie, lodi, affina l'intelligenza così come nell'animo affina l'odio, diventa un compasso, traccia la circonferenza della sua vita, sa che arriverà dove ha puntato. Ed è lui il tassello, lui per primo

mette in moto la catena del distacco. Più cresce e più diventa insofferente, accoglie sprezzante ogni nuova crisi del padre, sceglie di non mistificare, lo affronta apertamente, non ha paura delle botte, è grande, è più forte. Un briciolo di pietà gli impedisce di andare a fondo, di urlare l'accusa definitiva sulla faccia del genitore, sempre più vecchio, sempre più gonfio. Per lo stesso motivo il padre si trattiene dal provocare il figlio, scatenare l'ira che sa di non poter fermare. La tregua odora di guerra fredda, la tensione è melassa magnetica, ma si allarga la quiete, si rimanda di qualche mese lo scontro fatale. Non si può procrastinare all'infinito, prima o poi bisogna lottare, cadere, prima o poi la vita reclama un perdente.

A lasciarci le penne fu il matrimonio. L'unione che aveva generato due figli smise di essere un legame una sera come tante: il padre torna a casa ubriaco, è adirato, stravolto, ha l'ardire di pisciare in salotto. Il ragazzo sente il frastuono, sta preparando il suo primo esame universitario, è nervoso. Scorge la scena, gli risale lo schifo, la rabbia, vuole mettere fine allo scempio, chiudere la bocca a quel rozzo poliziotto. Si fa avanti, sferra un pugno – finora l'ha solo sognato, l'ha tirato contro il muro. Colpisce il padre, l'uomo barcolla ma non abbastanza da cade-

re, risponde senza neanche rendersi conto di ciò che sta facendo. Si sbilancia, crolla addosso al figlio, le ginocchia cedono, cadono a terra avvinghiati, hanno entrambi le ossa doloranti, ma si rotolano perché la tensione straripa, la rabbia anima i corpi uniti nell'abbraccio che manca da tempo. Accorrono madre e figlia, urlano, li separano, il figlio piange dalla rabbia, il padre sgrana gli occhi per la vergogna, sembra un folle, scappa via, per sempre. Torna a vivere dalla madre, la vecchia rimbecillita che non si accorge del figlio alcolizzato.
La madre apre gli occhi: guarda il salotto devastato, osserva la figlia riversa sul corpo del fratello, lei piange abbracciata a lui, gli stringe il maglione come faceva da piccola. Lui le accarezza i capelli, sul volto è dipinta un'espressione assente. La madre capisce, prende la decisione, lascia il marito. La famiglia sarebbe rinata, i figli cresciuti al sicuro, tutti insieme avrebbero ricucito la ferita. Fare finta di niente è l'imperativo, fare finta di niente e andare avanti. Io lo sottoscrivo dal primo sguardo, dal primo momento, perché mi sembra l'unico modo di sopravvivere, io ce la metto tutta.

Si interrompe, ricarica il tamburo della lingua, scocca altri dardi di occhiate e parole.

Ti sembrano ancora banali contrattempi? Sei abbastanza onesto da sentire le tue convinzioni incrinarsi? Ma non è tutto, nei primi tempi c'è qualcosa che non va, qualcosa di sbagliato sulla superficie, nel simulacro di normalità che cerchiamo di imbastire. La madre piange al telefono, ritorce verso il carnefice gli anni vissuti da vittima, si mostra in pubblico sfoggiando le ferite adatte, questa è la sua piccola ricompensa. I pianti e i dolori si trasformano in geremiadi. La madre ostenta: chi può darle torto? Quel comportamento suscita compassione, attenzione, è tutto ciò che brama dopo la sbornia di tristezza. Allora perché tentare la carta del *si va avanti*, perché affermare di voler dimenticare se si rimane imprigionati per sempre nel ricordo? Me lo chiedo, ce lo chiediamo io e mio fratello, la collera cresce. La donna che negli anni difficili si è comportata fermamente, adesso ci sembra debole, volutamente debole e perdente. Prima dimostrazione: la sconfitta sta nel passato, la vittoria nei giorni futuri. Seconda dimostrazione: l'accettazione è fuoco che arde, il rancore perenne è caos insoluto. *Negazione*, mi sembra una parola sensuale, un motore propulsivo, un ideale da perseguire.
La madre si perde nel lamento: il fratello come reagisce? Lui era stato la leva, aveva aperto la

crepa: come si sente? Accusa il colpo? Si ferma dopo aver superato l'ostacolo? A prima vista non si comporta in modo diverso: macina attestati di stima, mostra la solita brillantezza.
Dunque penserai che anch'egli abbia adottato la mia tattica, la negazione come furia cosciente di affermazione. Ti sbagli, voi siete simili, la rabbia vi corrode le sinapsi, si deposita come un velo di sudore sui vostri corpi impegnati ad agitarsi. Hai sempre avanzato la possibilità del tuo cinismo, l'eventualità del comportamento individualista, hai sempre accettato – di malavoglia ma protestando poco – le etichette di nichilismo. Ti sei sempre fatto scudo dell'ira che in realtà ti apre da dentro, il dubbio che per non implodere diventa rovello, invettiva contro il mondo.
Egli ha fatto lo stesso, ha custodito un nero paniere d'odio, opposto la freddezza delle forze fisiche, congelato ogni rapporto attraverso il linguaggio matematico. È lontano dalla negazione: scruta i vettori e si approssima al mondo con le equazioni, tenta di domare la rabbia senza rendersi conto che il padre lo tormenta ancora. No, il suo non è il comportamento giusto, non è il mio comportamento. La madre indugia nel vittimismo, lui si cristallizza nella rabbia.

Mi guarda dritto negli occhi, articola la condanna, la furia del boia si scatena definitivamente.

Qualche giorno fa ho incontrato un'amica, lavora in una comunità, si occupa di ragazzi difficili: famiglie povere e disfunzionali, adolescenze passate in riformatorio, brutalità come unica risposta a traumi complessi, insomma le più svariate declinazioni del dolore, capisci? Sono cose che ti interessano, è l'interesse morboso che metti nelle tragedie, nei cadaveri, è l'attenzione con cui ti sporgi dal balcone per guardare il trapasso di quella vecchia. Abbiamo preso un caffè, l'ho vista sconvolta, sentiva il bisogno di confidarsi, raccontarmi la causa del suo tormento. Una delle ragazze che aveva frequentato la comunità era morta suicida. Almeno così credevano le Forze dell'ordine, secondo lei era stata uccisa. La definiva una persona *energica, solare,* alla mano, più di tante altre, franca come sa esserlo chi ha sofferto, il sorriso genuino, i modi diretti ma non bruschi. A diciott'anni aveva lasciato la comunità, la mia amica ne aveva perso le tracce. L'hanno ritrovata morta. Attraverso diverse testimonianze lei ne ha ricostruito la storia. La ragazza proveniva da una famiglia invischiata nello spaccio di droga, il padre era finito in carcere, la cassa di famiglia languiva, madre e nonna si arrabattavano e spendevano i pochi averi in cocaina, la ragazza le odiava, aborriva la loro dipendenza. Vivevano con la pensione d'invalidità del fratello bloccato sulla sedia a rotelle, andavano avanti grazie a mezzucci e piccoli crimini. La ragazza era finita in comunità dopo una lite in cui aveva fatto cadere la madre e l'aveva riempita di calci. Un gesto inconsulto, dettato dalla rabbia accumulata, si pentiva dell'episodio, sembrava intenzionata a cambiare. Propositi fasulli? Non lo potremo mai sapere, fuori dalla casa famiglia aveva riallacciato la relazione col suo vecchio ragazzo, un poco di buono, anch'egli dedito allo spaccio. A questo punto scatta la ferocia: una sera come tante, un campetto fuori città, lei, il suo fidanzato, gli amici di lui, si beve, si chiacchiera, si fuma crack. Le cose degenerano, la situazione si scalda, seguono le meccaniche del branco, la ragazza viene invitata a prendere un acido, è la sua prima volta ma accetta, l'orgoglio vale più delle proprie ragioni. Il trip non è felice, rivede suo padre, sua madre, le narici dilatate di sua nonna. Inizia ad agitarsi, se ne vuole andare, è stravolta. Il suo ragazzo è alterato, gli amici si muovono come cavalli selvaggi, la loro attenzione si sposta sulla bambinetta che fa i capricci. Volano i primi insulti, gli sberleffi, la apostrofano con epiteti sessuali, il suo ragazzo non fa niente, ride, strafatto si butta in un angolo, fuma un altro po' di crack, non gliene frega nulla. Gli altri la accerchiano, lei non capisce, inizia a ridere, vede tutte quelle facce cambiare colore, deformarsi, poi piange, sopraggiungono nuovi ricordi della sua infanzia. Stai zitta, puttana!, è quello più vicino a lei che parla, le ficca un fazzoletto in bocca e le dà uno schiaffo, poi si sbottona i pantaloni e tira fuori il membro eretto. Gli altri apprezzano l'idea, le mani si lanciano sul seno, sui fianchi, sul sedere, palpano ogni centimetro, nelle loro mutande si gonfia la libido. La ragazza non pensa, si ritrova chiusa nella gabbia della mente, assediata dallo sballo e dal tocco fetido del branco. Si compie lo stupro: in otto, uno dopo l'altro, violano le sue carni, meccanicamente raggiungono l'orgasmo, poi ciondolano inebetiti. Il fidanzato è caduto in un cespuglio, ride: certo che la sua ragazza è proprio una troia. Lei non avverte altro, solo quella risata. Non sente bruciori, dolore o piacere, ha smesso di esistere molto prima, quando le strappavano i vestiti, quando le mani ferine depredavano il suo corpo, è regredita allo stato di bambola. Dalla vagina le cola il seme di otto bestie, è a terra con le ginocchia graffiate, il corpo ricoperto di segni, i capelli scarmigliati, stopposi, sul volto le lacrime che non sente sue. La ferocia dei ragazzi potrebbe fermarsi, hanno soddisfatto voglie belluine, hanno ridotto ai minimi termini *la ragazzina che rompeva il cazzo.* Ma perché accontentarsi? Perché non andare fino in fondo, raschiare il barile della propria cattiveria? I ragazzi la insultano, continuano a chiamarla troia, le bloccano i polsi e la prendono a pugni nello stomaco, sulla pancia si disegna una costellazione di lividi. Perché non ti ammazzi?, il suggerimento di uno di loro, l'assillo che si fa strada. Nella mente della ragazza s'insinua il dubbio alimentato dalle macchinazioni dell'acido, l'azione appare liberatoria. Forse è meglio…, sussurra, si alza il coro di insulti a cui si unisce anche il presunto fidanzato, vuole anche lui un pezzo di quell'orgasmo collettivo. Poco lontano c'è un palo della corrente, la ragazza si avvicina, mette un piede sulle scalette. Si guarda indietro, le sembra di scorgere tutti i carnefici della sua vita, non solo quei ragazzi ma anche il padre muto, la nonna, la madre che rantola come quel giorno che l'ha fatta cadere a terra. Prosegue la scalata, si coordina malamente ma riesce a raggiungere una quota tale da poter guardare giù, avvertire l'altezza, spaventarsi, perdere la presa, cadere, morire.

Fa una pausa, tira il fiato, soppesa la mia reazione.

Andò veramente così? Non possiamo saperlo, sto ricostruendo con l'immaginazione una tragedia tra le tante. Credi che stia divagando? Sei troppo intelligente per non capire il valore di ciò che ti ho raccontato. Mentre sedevo e ascoltavo questa storia paragonavo le sue sofferenze alle mie. L'egocentrismo è una pratica viziosa di cui tu sei campione, io l'ho presa in prestito. E sai perché? Perché mettere vicino queste due esperienze è salutare, ne esce fortificata la mia convinzione. Il dolore non è uguale per tutti, non vi è democrazia nella sofferenza. Esistono delle gerarchie, piramidi del dolore che sottostanno all'evidenza della realtà. È palese che la nostra sofferenza, quella della mia famiglia e quella dei tuoi lutti, non è paragonabile allo strazio che ha provato la ragazza della comunità. Come puoi accomunare il tuo dolore al suo? Come puoi rifiutare l'idea di una gerarchia con la sola convinzione che i dolori interiori siano più raffinati e lancinanti delle vite sfortunate? Quando guardavo mia madre e mio fratello fare le vittime mi sentivo ridicola. Mi sono rimboccata le maniche, ho dato un calcio a tutta questa retorica dello strazio. Sono andata da mio padre, sono andata da mio fratello, ho affrontato a muso duro mia madre. Ho messo un tampone, ho risolto. Per anni ho accompagnato mio padre ai gruppi di sostegno, di peso, di forza; adesso riusciamo ad avere un rapporto normale, assaporiamo la libertà di uscire assieme, lo hai visto anche tu. Ho attraversato la vita di mio fratello, lui si è sciolto, è diventato meno burbero; con la stessa tenacia ho invaso la vita di mia madre, è tornata a essere forte, ha sbrigato le pratiche di divorzio, ha persino trovato un nuovo compagno. Procedo sulla mia rotta affrontando il permafrost della quotidianità con la determinazione di una nave rompighiaccio. Per me l'incombenza è dato naturale, il quieto vivere è punto d'orgoglio. Io mi prostro e avanzo lucidamente. Per questo non ho dubbi, perché io resisto, riesco a essere me stessa senza tormentarmi con il perché, il per come, io vivo e basta, non sono affetta dall'asma di un'inutile riflessione.

La catena del ragionamento si salda, lei tace e riesce a far rapprendere il silenzio. Scruto la sfinge, scompongo e addiziono le sue frasi, vacillo nel dubbio. Dopo aver tirato il fiato si volta di spalle ed esce dalla stanza, non riprenderà mai più il discorso. Io non la fermo, non mi avvento contro di lei per sputarle in faccia le tante considerazioni che, sotto il fuoco di fila dei suoi giudizi, avevo trattenuto sul palato, e infine – per codardia – ingoiato. Mi alzo e chiudo la finestra, mi assicuro che le ante combacino perfettamente, che la tenda sia ben tirata, affinché mi sia preclusa la vista della vecchia.

(Se credi che abbia dimenticato cosa le avrei voluto dire, amico mio, ti sbagli. Sai bene come germoglia in me il rancore, quali fortini innalza nell'animo. Per una volta le frasi bloccate nel gozzo non sono diventate catrame, stimo invece che col tempo siano mutate in pietre levigate. Non penso che avrò mai il coraggio, anzi la stoltezza, di mostrarle alla mia accusatrice, ormai il nostro rapporto, dopo ciò che abbiamo passato, si fonda sul compromesso. Una tregua densa come le cose su cui dobbiamo serbare il silenzio, un patto tacito che non ammette minacce di sorta. Eppure stanotte ti sto mostrando le mie viscere, sto spargendo su questo tavolo frattaglie morali che mai avrei creduto di ritrovare, nei miei intestini ci sono anche quelle parole.
Forse siamo arrivati al nocciolo della questione, per lei ho serbato le parole che non sono mai riuscito a dirti, giacché il nostro rapporto è

stato corroso dalla rivalità. È giusto che tu senta queste considerazioni tenute per tanto tempo fra cuore e costato, soprattutto perché le mie giustificazioni riguardano anche te: puoi riconoscere di chi o cosa parlo. Sei qui amico, tanto vale che mi spenda nell'ultimo monologo della commedia, davanti all'unico spettatore che mi importa di avere. Questa stanza non esiste più, ci sei tu in quella cucina, *sei diventato l'accusatore.* Mi schiarisco la gola e parlo.

Torniamo nel nostro paese. Durante la nostra infanzia la piazza ha un altro aspetto: l'illuminazione è debole, le ombre si allungano sin dal primo pomeriggio sulle siepi incolte che delimitano lo spazio, al centro qualche sparuta aiuola di erba selvatica e due salici morenti. Di sera la zona è popolata da anonime figure che si agitano – ancora bambino vengo ricacciato in casa, non riesco a distinguerle. Attendo la notte per osservare ogni particolare nel silenzio del sonno, penetro con lo sguardo fin dove lo permette la luce arancione dei lampioni. Ci sono due zoppi, un giovane e un vecchio, lasciano strani pacchetti fra gli arbusti, poi si allontanano. Una macchina arriva sgommando, un braccio si sporge, fruga fino a trovare il tesoro, sgancia qualche banconota, poi l'auto riparte. I due tornano a prendersi i soldi, lasciano un altro pacchetto. Sono sempre stato affascinato dai loro movimenti, dalla stolidità con cui arrancano goffi, si trascinano da una parte all'altra della piazza per tutta la notte. L'anziano ha tratti rozzi, il suo compagno vive una giovinezza sfiorita – anni dopo avrei capito che erano tossici e spacciatori. Di mattina si atteggiano a parcheggiatori, assillano gli automobilisti per qualche spicciolo, chiamano per nome i residenti. Quando si avvicinano, il corpo di mio padre si frappone fra me e le mani tese a mendicare nel sole di mezzogiorno. Li ho visti per anni affaccendati nella sopravvivenza, mentre io crescevo loro invecchiavano, si ingrigivano fra commerci, elemosine e sotterfugi. Nel frattempo la piazza si trasforma in ciò che è ora, le luci dei locali si accendono, le panchine sono state riverniciate con il rosso sgargiante di una cartolina, le siepi tagliate per fare spazio ai tavolini. Giungono notizie, nei bar circolano storie: il vecchio è morto con il cranio sfondato in una rissa, al giovane si è fermato il cuore per una dose tagliata male, entrambi hanno terminato la propria esistenza, sono finiti in una fossa comune. Nella mia mente il ricordo si fa confuso, i loro lineamenti sono nebulosi, i gesti perdono il carattere della quotidianità. Non so che vite abbiano condotto: ipotizzo famiglie distrutte, padri violenti e madri degeneri, fratelli carcerati, sorelle prematuramente incinte, il florilegio di figure idealizzate e tristemente vere che si agita nella cruna periferica dei nostri paesoni meridionali. Sono un simbolo, non importa quanto fossero cattivi. Il caso li ha sputati in questo mondo come materia fecale, eppure loro – malvagi, abbrutiti – si oppongono alla corrente, rimangono insieme, abbarbicati ai marciapiedi di un'esistenza che non li vuole. Il nostro vissuto è differente da quello dei due uomini, ma nella diversità ci accomuna il dolore. La nostra sofferenza ci rende consapevoli, la loro li getta nell'oblio. Non possono fare paragoni, vivono perché devono vivere, sono pungolati dagli istinti. Io credo nel classismo delle torture e delle coscienze, questo scarto è presente. Noi siamo in alto, siamo nel luogo in cui il tarlo può essere mistificato, nascondere è il privilegio, il fiore all'occhiello della nostra condizione. La vera sofferenza richiede reazioni opposte, problemi che bisogna ingoiare per sopravvivere. È in questa diversità che vediamo rivelata la nostra propensione, la copula senza orgasmo del nostro agire. Il piacere non esploderà mai nella felicità, saremo sempre schiavi dei desideri. Tuttavia la consapevolezza è condizione elitaria. Tu amico, come anche lei, hai sempre pensato che il mio lamento fosse indirizzato esclusivamente alla mia condizione, ti sbagli: io piango l'universalità del dolore ma inveisco sulla diversità delle sue forme. Abbiamo un grande vantaggio, fregiarci della nostra coscienza infelice, porci contro la morale e contro il senso comune che vuole livellare il mondo a tutti i costi. Il nostro dovere è ricordarci che siamo più attrezzati nella lotta per la sopravvivenza e che fa comodo dimenticare la condizione altrui. Io ho scelto di caricarmi di tutti i desideri inespressi e ricordarmi che la realtà è un cumulo di macerie che non si può rimettere insieme.)

Avrei dovuto accorgermi degli sguardi duri, dei gesti estranei, la mano che si faceva fredda quando la accarezzavo. Gettate le maschere non potevamo più giocare alla farsa sociale, all'embrione di famiglia che strozzavamo costantemente con la tensione. Passarono mesi in cui ci trascinammo, ci sgretolammo in una crisi alquanto prevedibile.
Mi lasciò un pomeriggio assolato, su quel balcone da cui avevo guardato nella camera della vecchia: stavolta le ante erano chiuse.
Poche frasi, burocrazia della pratica sociale. Non feci una piega, me ne andai guardandola negli occhi e provando a darle un ultimo bacio, lei si scostò e chinò la testa, era una finta, non avrebbe pianto.
Per strada riordinavo le emozioni, cercavo di allontanare l'autocommiserazione e i sentimenti inutili.
Imperativo: innescare una reazione, una catar-

si necessaria ancorché effettiva. Svolgimento: *l'irreparabile.*

Mi aggiravo per le vie cariche di afa, l'aria era densa come sudore altrui, veniva meno la respirazione e il panico raschiava la gola. Sopraggiunse l'acufene, il timpano si contrasse nel suono di un allarme, avevo dato un calcio a una macchina.

Articolai un gesto meccanico: sradicai lo specchietto che sporgeva dall'auto come un piccolo corno, in esso si riflettevano i miei lineamenti stravolti. Non mi accorsi della plastica arroventata, spaccarlo sul capo fu il mio palliativo.

Poche ore dopo digitavo il tuo numero con dita incerottate. Un medico aveva adoperato le pinze, estratto le schegge che covavo nel cranio e mi aveva ricucito. Appena ti vidi capii il motivo per cui ti avevo chiamato: la perdita passava dal tuo corpo, dovevo vederti, sentirti vicino, i tuoi pensieri da filosofo, gli occhi piccoli pronti a dischiudersi per superare ancora una volta le nostre incomprensioni.

Iniziai a piangere e cercai il tuo conforto. Ma quel giorno avevi lo sguardo duro, il volto solcato da nuove rughe. Io parlavo, snocciolavo i perché della fine di una relazione, i perché del mio gesto masochista. Tu rimanevi impassibile. Aspettasti la fine del mio lamento, poi con voce

irritata gelasti i miei tormenti: tuo padre era morto.
Un ictus fulminante, secco come il colpo di una carabina. L'ultimo regnante era caduto, si chiudeva il nostro album di famiglia, avevamo seppellito la vecchia generazione.
L'esperienza della morte familiare era terminata, ti restavano poche cose da fare: raccattare dei miseri ricordi, seppellire un vecchio ossuto. Avresti gettato buona luce su di lui, pronunciato il sermone e sbriciolato manciate di terra, bruciato ottimo incenso. Sembravi ormai immune dal sentimento del lutto – ricordo che pensai: la sua carriera in ascesa lo protegge come una camera iperbarica – la figura del padre era relegata a una stagione lontana. Con la sua morte chiudevi l'ennesimo capitolo.
Non feci neanche in tempo a chiederti scusa, la rabbia si arrampicava sul tuo volto come un'edera, la furia del tuo urlo spaventava l'infermiera, indignava il medico, ti intimavano di uscire, di smetterla con quel delirio.
Per una volta ti ribellavi al ruolo a cui ti avevo inchiodato: quello del saggio immune dall'ira. O, semplicemente, non avevi più voglia di sopportare l'odore della mia bile, di mostrarti accondiscendente, di tacere le ambivalenze in cui mi credevi inabissato.

Moriva il padre e decedeva anche la memoria, e in essa io, il compagno di infanzia di cui non avevi più bisogno. Tacciandomi di superficialità e di egoismo avevi tagliato l'ultimo ponte con l'universo della contraddizione: non avevi più un passato da ricordare, né un amico *sbagliato* da frequentare.
Mentre mi voltavi le spalle, capii che non ci saremmo più rappacificati, l'orgoglio ce lo avrebbe impedito.

Sarebbe ora che le luci dell'alba infuocassero questa notte, trafiggessero la tua sagoma per spegnere la mia visione. La nostra storia sarebbe dovuta finire così: io sepolto nelle mie convinzioni, tu che ti allontani, sparisci nella corsia di un ospedale. Purtroppo il tempo ha sancito la tua morte. Il telefono ha squillato, ad alzare la cornetta è la stessa donna per cui sono finito all'ospedale. Qualcuno le dà la notizia, lei rimane come paralizzata, chiude la comunicazione. Si piega, trema, sta per piangere, attraversa il corridoio e si accascia sul divano – proprio questo divano davanti a cui sei apparso –, sussurra poche parole, riempie la stanza con le sillabe del tuo nome, la notizia penetra le mie orecchie, sono chino sulla scrivania e non mi muovo.

(Una sera rientrai e trovai lei rannicchiata sul divano, dormiva, le palpebre si contraevano come se fosse in preda a un brutto sogno. La guardai senza svegliarla: era passato qualche mese da quando se ne era andata. Si mosse, aprì gli occhi, puntò lo sguardo sul mio volto perplesso, la sovrastavo ma non sembrava imbarazzata o intimorita. Si alzò con un movimento naturale e si avviò in bagno. Nell'ingresso giacevano i bagagli mezzi disfatti, capii che aveva deciso: di tornare? Di accettare? Per finire quella frase avrei dovuto smettere di interrogarla, dentro di me c'era già la risposta. Ancora una volta aveva vinto il suo pragmatismo: accettando le nostre differenze mi dimostrava con gesti concreti quelle che erano le sue convinzioni. Ci odiavamo e ci riconoscevamo, per combattere la solitudine ci chinavamo sotto l'influsso di un salutare compromesso.)

Abbiamo pianto insieme per la tua morte, lei ha sofferto perché sapeva del nostro legame, aveva visto la mia ossessione per la tua figura scavare cattedrali, innalzare pinnacoli di parole nel mio animo, sulla carta, nei periodi lunghissimi delle mie opere.
Avevi guadagnato il suo rispetto nel momento in cui mi chiese ragione delle cicatrici bluastre che merlettavano la mia fronte.
Le raccontai tutto, seppe della mia ira e delle conseguenze permanenti. Seppe di come accorresti in ospedale, del fardello che portavi, del tuo disprezzo – più velenoso di quanto potesse essere il suo –, di come benedicesti quell'addio con la collera che avevi sempre trattenuto.
Mi spronò a fare di peggio, a scrivere *Marxismo privato* per rispettare i sentimenti violenti che avevamo vissuto – sosteneva ciò che già sapevo, che è meglio avere un nemico, schiaffeggiarlo

per sentirlo vicino, piuttosto che declassare un amico all'indifferenza e all'oblio. Non era forse quello che aveva fatto lei con me? Non era forse tornata per rinverdire un'emozione, un sentimento? Disse che dovevo sviscerare le ragioni, ripercorrere l'ordito che ci aveva legato. Io le diedi ascolto.

Quando iniziai a scrivere avevo un universo di vocali: le A e le E si spalancavano come la tua bocca pronta all'obiezione; le I e le U erano silenti, assorte nelle pieghe della tua fronte aggrottata, parevano ossicini finissimi e vibranti; le O si aprivano come fori di proiettile, il bianco si tramutava in nero e diventava l'abisso dei tuoi occhi cerchiati dalle lenti.

Marxismo privato voleva essere un testo sulle ragioni della militanza, un pamphlet volto a scrutare la tua persona, quel modo di agire che ammetteva sempre una giustificazione, che si magnificava della tua fasulla ricerca di verità. Ne venne fuori un trattato di ipocrisia, un violento attacco che non ti sminuiva, al contrario alimentava la tua fama, e di riflesso la mia. Volevo che quel libro fosse l'unica opera vera della mia vita, l'atto di amore e odio con cui svelavo la tua natura fittizia, mostravo l'idiosincrasia

che il mondo non voleva vedere – il mondo che ti trattava come un santo della lotta – e che anche tu eri lungi dall'accettare.
Nacque la polemica, crebbe l'attenzione dei giornali, si moltiplicarono gli elzeviri e le recensioni, spuntarono le mie interviste, le richieste di smentite e di chiarimenti. Vennero anche da te i cittadini della provincia (parlo sempre del piccolo quartiere della cultura), vennero per chiederti una replica, tornarono da me per predisporre la controreplica al tuo silenzio, e così via, fino a travisare ogni cosa. Lo specchio si deforma all'infinito, l'acqua si fa torbida e io annego, non raggiungo il mio scopo.

(Bislacco che la forma dell'incontro di stanotte emuli *Marxismo privato.* In tale prosa mi immagino di essere morto, e poi evocato di notte nel tuo studio, tu mi raccontavi la nostra vita insieme, il tuo pensiero, le ragioni che ti avevano portato a distanziarti da me e allo stesso tempo le tappe della magnifica evoluzione teorica che ti avevano reso così famoso. Ma questa è solo la prima parte.
Nella seconda prendo la parola, ti accuso di essere un impostore, con acribia filologica smonto ogni proposizione, liquido ogni concetto, costruisco una teoria contraria al tuo alto esercizio filosofico. Così facendo scavo fino alla radice delle nostre ragioni, e ancora più a fondo fino alla struttura originaria di filosofia, politica, letteratura.
Stanotte sono stato più accorto: ho eliminato il contraddittorio, i miei deliri non mi si ritorceranno contro.)

Tu non hai mai voluto commentare, hai taciuto sulle sorti di quello che a tutti sembrò un attacco maldestro, l'ennesima polemica montata per guadagnare un po' di fama. Adesso non puoi replicare, nella nostra intimità forzata non hai le facoltà per vendicarti o ferire. Non potremo più combattere, perché la notte si è ormai consumata e noi affondiamo nelle sabbie del sole che sorge.

I nostri biografi si confronteranno, uniranno le forze per sbrogliare la matassa, venire a capo della nostra relazione.

Il mio raccoglie lettere e dichiarazioni, legge fra le righe di tanti interventi, analizza gli aspetti evidenziati nelle recensioni. Vuole penetrare la grammatica, trafiggere la carne della pagina, vuole arrivare alle mie connessioni cerebrali. Il suo pensiero si protende sul mio corpo, si modella sulla direzione del mio sguardo, arriva a te, all'immagine di te che abbozzo nella pupilla di chi mi legge. Allora le sue attenzioni divergono, cambia l'oggetto della ricerca, è costretto a inciampare nei tuoi scritti, contatta il tuo biografo, anch'egli sta compiendo il medesimo percorso da direzione opposta.

Studieranno insieme e sogneranno le nostre convinzioni, immagineranno ogni nostro incontro – chissà se avranno l'ardire di ipotizzare, soppesare come se fosse avvenuto realmente, questo nostro estremo incontro. Chissà se, nella follia che li avrà presi, nella mimesi totale con le nostre vite, riusciranno a indovinare le parole, a evocare le medesime frasi che ti sto dicendo.

Il sole si affaccia timidamente nella stanza, fra meno di mezz'ora l'oscurità sarà scacciata e tu con lei. In quest'alba così strana sono preso dall'ennesimo dubbio che il tuo silenzio non può fugare. *Non rispondesti ai miei attacchi perché eri già segnato dalla malattia.* Per tutta la vita me ne sono dimenticato, ho dissepolto solo stanotte i ricordi delle tue viscere malate. Assecondavo il tuo modo di fare, giacché tu per primo non ascoltavi la rivolta dello stomaco e della vescica. Avevi già le tue difese, ti bastavano la filosofia e l'astrazione, la malattia avrebbe scavato una fossa di considerazioni penose da cui sarebbe stato troppo difficile uscire. Ora sai dove ti ha condotto la rimozione, sei costretto in una stanza in cui non vuoi stare mentre le tue ossa di filosofo marciscono lontano.

Ho questa immagine di te: stai camminando nel centro cittadino, sei diretto a un convegno, guardi le vetrine con interesse, ti lasci inebriare da ciò che dovresti combattere. Non sei così austero, conosci il valore della contaminazione, e dunque osservi le luci e i colori, le facciate moderne dei palazzi, i giovani seduti ai bar, percorri la loro pelle e i loro tatuaggi, immagini i pensieri che passano nel cranio, i desideri che tu sei incaricato di vivisezionare e ricondurre a un orizzonte di senso. Passeggi ripensando al tuo discorso, in testa appunti qualche frase, note sul comportamento della classe media, sulle vie di questa città: chioserai con un aneddoto, alla noia della conferenza opporrai le tue doti di ottimo parlatore.

A un certo punto senti una fitta, sei piegato da un dolore al fianco, arranchi sul marciapiede, cerchi un appiglio con la mano, provi a recuperare l'equilibrio, ti siedi per strada, il dolore continua e sei spaesato. I passanti procedono indifferenti, ti guardi intorno e cerchi aiuto, emetti un rantolo, ti stai per sdraiare, lasciare che la sofferenza si allarghi al resto del corpo. Finalmente qualcuno si ferma, è un ragazzo, lo sguardo interrogativo sta frugando sul tuo volto, si chiede se stai bene o se deve accompagnarti al Pronto soccorso. Potresti accettare la mano tesa, allacciarti al suo braccio, ma in quel momento il dolore se ne va repentino, cessa come se non ci fosse mai stato. Ti rialzi senza sostegni, si è radunato un piccolo capannello, adesso sei imbarazzato, la tua crisi è durata trenta secondi, rassicuri e ringrazi, recuperi il controllo di te stesso, dai una pacca sulla spalla al ragazzo, accordi ai presenti un'occhiata divertita e riconoscente. Poi ricominci a camminare, stavolta con più fretta, sibili che sei in ritardo, esibisci il passo svelto come segno del recupero fisico.

La tua giornata procederà come previsto e tu non racconterai l'accaduto. Ricaccerai quell'evento nell'elenco delle minuzie, degli acciacchi passeggeri, eviterai di farti domande e, per sentire il tuo corpo vivo, butterai giù qualche bicchiere, mangerai a sazietà con i colleghi.

C'è un'altra immagine: il tuo studio è inondato dalla dolce luce pomeridiana, negli alloggi universitari gli studenti sonnecchiano, in questa stanza siede un ragazzo. Sta esponendo la sua ricerca, è un dottorando, non lo vuoi ammettere ma non l'hai scelto solo per l'intelligenza. Il suo eloquio è preciso, lo ascolti con attenzione dall'altro lato della scrivania, ti protendi pronto a correggerlo, a suggerirgli un autore da approfondire o a complimentarti per una citazione. Dietro quel riguardo si cela l'attrazione sessuale, anni di pratica razionale non possono cancellare la natura umana. Il bruciore che si accende nel basso ventre non è frutto di pensieri malsani, scava nel profondo, ti scuote come un piccolo incendio. All'improvviso i lineamenti del ragazzo non sono altro che carne, muscoli animati dalla meccanica. Senti le tue viscere contrarsi, rimani immobile con lo sguardo puntato nel vuoto, non sai cosa fare, se accasciarti o interrompere la conversazione. Il ragazzo non si accorge di niente e tu hai paura che il sudore riveli la sofferenza, stai per aprire la bocca.

E anche stavolta il dolore cede, l'intestino smette di contrarsi. Sbatti le palpebre e allenti la presa sui braccioli, riannodi le fila del discorso e congedi il ragazzo. Lui se ne va, apri il cassetto per estrarre uno specchio, il tuo volto è giallastro, sembri provato, ma sai che dopo una buona dormita non ci farai più caso.

La terza immagine ha le pareti spesse: sono quelle di casa. I secondi si sono tramutati in minuti, i minuti scorrono lenti e lasciano segni simili a rostri. Ti stai contorcendo sul pavimento, prendi a pugni lo stomaco come se volessi ammazzare una cosa viva, il bruciore ha le sembianze di un serpente che si allunga dall'esofago all'intestino. Ti rotoli sui libri e sui resti del tavolino, li stavi catalogando quando è comparso il malore, sei crollato sul piano e l'hai mandato in pezzi, hai la schiena punteggiata dal vetro ma non senti fastidio, le forze fluiscono nell'intestino, ti preoccupi solo di questo. I pantaloni sono sbottonati: alla base del pene rilucono le cicatrici di operazioni lontanissime, risalgono fino all'ombelico, si ingrossano sotto il tuo sguardo, pulsano, sembrano formare le parole di una condanna. Ti trovi in questa situazione perché hai ignorato i segnali, nelle ultime settimane gli strani dolori si sono inten-

sificati, hanno riattivato il circuito della memoria, ricordi il sangue imporporare le garze, i flussi inondare nuovi canali, abbandonando quelli provvisori. Da bambino sapevi interpretare i segni del tuo corpo, ascoltavi il volere delle viscere e ti comportavi di conseguenza. Sei stato sordo, hai preferito fare finta di niente, nemmeno lo strano colore delle urine ti ha fatto sobbalzare. Che ti serva da lezione: hai modellato la tua storia su un passato oscuro – lustri di dolore da sintetizzare nella furbizia di un sorriso –, di quegli anni hai tenuto solo le letture, le credenze, le hai riversate nella nuova origine, nel battesimo accademico che hai posto come pietra angolare; ma il passato ritorna in forma di fantasma (tu sei il mio passato e ritorni in questo modo), ti assalta e ti corrode, pretende di agire per scacciare l'oblio.
Non puoi distendere con chiarezza i pensieri, lo faccio io per te mentre allunghi il braccio e cerchi di afferrare il telefono, io giudico come avresti giudicato tu se avessi visto una scena del genere: il grande filosofo seminudo che striscia e tenta di salvarsi, il grande filosofo senza teorie, solo la paura sul volto e le dita a un centimetro dai tasti, il grande filosofo che smette di rantolare e si accascia definitivamente.

È andata veramente così? Non lo so, se riesco a immaginare la tua presenza muta – sbiadita dalle prime luci dell'alba –, posso raccontare anche il tuo trapasso. Dai colleghi ho appreso ciò che accadde davvero dopo.
Ti chiamavano da giorni e tu non rispondevi, disertavi le lezioni, lasciavi che il campanello suonasse nelle stanze vuote, nel salotto in cui il tuo corpo si mummificava. Si preoccuparono, denunciarono la scomparsa, decisero di forzare la porta. E lì ti trovarono disteso: fra le parole di chi racconta posso distinguere il peso delle virgole, di lacrime e reazioni, il disgusto per il fetore che satura l'aria, per il tuo corpo gonfio.
I medici dissero che la vescica era esplosa. Avevi covato una pentola a pressione tesa da ambizioni e desideri, portata al punto di rottura dalle bugie che mal digerivi e che pure dovevi raccontarti per mantenere a galla la reputazio-

ne. Ti sei ucciso somatizzando i compromessi: un male sepolto ha compiuto l'ultimo dispetto.

Libero da te, finalmente solo. Eppure molte volte ho afferrato il telefono e sono stato inchiodato dallo sguardo della donna che mi dorme a fianco. Accarezzandomi la mano, mi sussurrava: Non ci pensare.
Leggevo avidamente ogni tuo libro, cercavo reazioni o risposte, attacchi fra le righe. Non trovavo nulla, d'improvviso il tuo pensiero mi risultava alieno. Persino rileggendo i tuoi vecchi lavori non riuscivo più a capire ciò che un tempo credevo rivolto solo a me. Era come imparare un nuovo alfabeto o impratichirsi con una lingua straniera. *Marxismo privato* era stato un incendio, non si era salvato nessun frammento del passato. Invece il rimorso proveniva dal futuro, proliferava come un virus.

Dalla nostra rottura non ci siamo più incontrati, ma devo confessare che ti ho osservato da vicino. Sono sicuro che hai cercato la mia testa milioni di volte, tremavi per chiunque alzasse la mano, se il braccio era magro ti aspettavi di veder svettare il mio naso aquilino. Voglio illudermi che sia stato così, che anche tu abbia avuto paura di un ennesimo confronto.

Non avvenne mai, non so come avresti reagito, non ho avuto il coraggio di appurarlo. Eppure un'ultima volta ti ho visto, e abbiamo rischiato di incontraci: eri di nuovo a Bologna, avevi ricevuto una laurea honoris causa, uscivi dalla facoltà di lettere attorniato dai soliti lacchè. Ti guardavo, articolavo il primo passo, volevo sorprenderti e interrompere la conversazione. Avresti girato la testa, riconosciuto il mio volto, mi avresti dovuto salutare controllando lo stupore. Mentre coprivo la distanza cercavo le parole giuste, sceglievo le frasi per propiziare il disgelo, mi affannavo sui possibili scenari, sulle repliche alle tue recriminazioni.
Non trovavo argomenti o bugie da raccontare, nel mio cranio si accumulava la cenere, gli artifici della retorica – come stanotte è artificio la tua visione. Mi sono fermato, ho guardato in basso, poi in alto: ero schiacciato fra terra e cielo. Che importava? Che importavano le paturnie, le liti o le riconciliazioni? Sono ritornato sui miei passi, asciugandomi il sudore ho imboccato un vicolo.

La possibilità della fuga è stata troppo seducente, la via d'uscita è la strada che mi appartiene da sempre, sin da quando ho impugnato la penna per soddisfare il mio ego, per trovare un lavoro, per continuare ad accumulare fama e imbellettare la mia reputazione, guadagnare denaro per dirmi integrato nel sistema editoriale, intellettuale, sentirmi espressione del censo borghese e avere la forza di aizzare polemiche, di fingere un pensiero originale, trasgressivo, in collisione con la tua filosofia razionale, da agitare come un fantoccio di fronte al falso nemico del senso comune, e ancora fuggo, anche stanotte, mi allontano dalle figure che si fanno strada nei ricordi, sgomitano nella palude della memoria per tentare di afferrarmi, arrivare ai miei occhi, al nostro incontro, alla visione sbiadita del tuo volto, al sole che sorge e trafigge la tua immagine cinerea, questo bagno di luce segna la fine per noi, per te che non tornerai mai più e non potrai parlare, apri la bocca e la lingua si scioglie, il palato si deforma, la gola si contorce nell'alba tutt'altro che benigna, ti espandi come un tumore, non hai più un contorno umano, sei solo una nube di fumo, devi accettare di sparire, devo accettarlo anch'io, il tuo sguardo è una cataratta enorme, esplodono le pupille, proiettano fasci abbaglianti, ti disintegri nel mio stupore, nella visione in cui sono immerso perché sei un lago di luce, annego in te, sei scintillante ed esplodi, saturi l'aria, annego in te o forse in un abisso più profondo, tu sei la totalità, tutto finisce nel bianco, nel fulgore, tutto finisce, anche la notte, si alza il giorno, si alza il tuo nome che sto gridando, nessuno mi sentirà, nessuno si meraviglierà della stanza vuota in cui non ci sei, e non ci sono neanche io, rimangono solo le pigre spire di polvere e le frasi che si accalcano e come millepiedi zampettano nel vuoto.

Scavare
di Giovanni Bitetto

è stampato dalla tipografia
La Grafica & Stampa Editrice S.r.l. di Vicenza
su carta Burgo Musa
copertina su carta Fabriano Fabria Brizzato
carattere ITC New Baskerville
nel novembre 2019

Pubblicato a Trieste
nel novembre 2019

ITALO SVEVO s.r.l.s.
www.italo–svevo.it
@italosvevolibri

VIA
TRAUNER, 1
TRIESTE

VICOLO
DE' CINQUE, 31
ROMA

Direzione artistica e immagine di copertina:
Maurizio Ceccato | IFIX

Impaginazione e redazione:
Studio editoriale 42Linee

INCURSIONI

1. FERNANDO CORATELLI – *Alba senza giorno*

2. GIOVANNI BITETTO – *Scavare*

In uscita:

3. VERONICA GALLETTA – *Le isole di Norman*

PICCOLA BIBLIOTECA
DI LETTERATURA INUTILE

1. HANZ TUZZI – *Trittico*

2. MARCO ROSSARI – *Piccolo dizionario delle malattie letterarie*

3. PATRIZIA CARRANO – *Un ossimoro in lambretta. Labirinti segreti di Giorgio Manganelli*

4. GIORGIO CAPRONI – *Sulla poesia*

5. CESARE DE MICHELIS – *Editori vicini e lontani*

6. GIOVANNI NUCCI – *E due uova molto sode*

7. ALFONSO BERARDINELLI – *Non è una questione politica*

8. VALERIO AIOLLI – *Il carteggio Bellosguardo*

9. GIANVITTORIO RANDACCIO – *Il trequartista non sarà mai un giocatore completo*

10. ROBERT SCHUMANN – *Lettere da Endenich*

11. PAOLO ALBANI – *Il complesso di Peeperkorn. Scritti sul nulla*

12. LISA GINZBURG – *Buongiorno mezzanotte, torno a casa*

13. ANDREA CORTELLESSA – *Monsieur Zero. 26 lettere su Manzoni, quello vero*

14. PATRIZIA CARRANO – *Banco di prova. Indagini su un delitto scolastico*

15. GABRIELE SABATINI – *Visto si stampi. Nove vicende editoriali*

16. RAFFAELE MANICA – *Praz*

17. SILVIO PERRELLA – *Da qui a lì. Ponti, scorci, preludi*

18. GIOVANNI NUCCI – *La differenziazione dell'umido e altre storie politiche*

19. ORSON WELLES – *Moby Dick. Prove per un dramma in due atti*

20. CESARE DE MICHELIS – *Quante Venezie…*

21. PAOLO PERGOLA – *Attraverso la finestra di Snell. Storie di animali e degli umani che li osservano*

22. ALBERTO BOATTO – *New York 1964 New York*

23. STEFANO SCANU – *Come vedi avanzo un po'. 15 biografie marginali*

24. MARCO FILONI – *Inciampi. Storie di libri, parole e scaffali*

25. NADIA TERRANOVA – *Un'idea di infanzia. Libri, bambini e altra letteratura*